—— 丁立梅 著

万卷出版有限责任公司
VOLUMES PUBLISHING COMPANY

第一辑

十亩间

第二辑

跟着一朵阳光走

第三辑

最美的时光

第四辑

灵魂的高贵

第五辑
郎骑竹马来

第六辑

牵着蜗牛去散步

第一辑

十亩间

花意已在

清风好日，花意已在，心随花喜，他的日子反倒变得洁净有趣。"复得返自然"，这才是上天对一个人最大的眷顾。

偶然间看到一幅国画，刊在报纸一角，黑白印刷，不是很清晰，题为《花意已在》。我被"花意已在"四个字打动，不由得多看了两眼那幅画。画上叶子着墨极深，显出叶子的肥厚蓬勃。花枝斜倚其间，像犯了春困的女子，慵懒地倚着窗，上托大朵的花，花瓣张开，只争朝夕。似菊，又似蜀葵，还类似于一种叫木芙蓉的植物。我探究半天，不能明了，觉得花就这样开着，已是很好，又管它是什么花呢！这是画家的高明，有时他们着墨下去，就在于像与不像之间，这才有了意味。

花上题诗"花生初咫尺，意思已寻丈。一日复一日，看看众花上"，读着，很有几分闲趣。诗后面，隐着一个爱花之人呢，爱是爱到十二分的，从花初生，到花怒放，他频频相顾，竟无一日落下。

我查了查，得知这首诗是宋代文人吴子良所作。他的老师叶适曾夸其"文墨颖异，超越流辈"，可见他的才华何等出众。他留存下来的诗作并不多，仅存两首半。可是，够了，如同赏花无须多，有时只需三两枝，花意已在，也就足矣。

这首诗，吴子良是写给葵花的。乡下闲居，房前屋后，遍植葵花。这景象，遥想一下，也是很动人的。我以为，一个人，倘还存着颗爱花的心，那就断不会轻易被生活的磨难打垮。就像吴子良，他曾一度辉煌过，高中进士，仕途坦荡，后因开罪当朝权贵，被罢免了官职。人生可谓大起大落，他却没有就此沉沦，而是在他的乡下，种上满地葵花，一日一日前去照拂。清风好日，花意已在，心随花喜，他的日子反倒变得洁净有趣。"复得返自然"，这才是上天对一个人最大的眷顾。

这几日，我也变得这么洁净有趣起来。冬日清寒，气温一降再降，万物早已凋落成荒凉，却独有一种植物，精神抖擞，活泼活跃起来，清冷的大地，因了它，有了温度和欣喜。对，它就是蜡梅。天气越寒冷，它越发活泼活跃，掉光叶的枝条上，爬满了密密的小"疙瘩"。我家小区里长有几棵，我们下班，路过。那人看一眼，突然惊喜地说，啊，蜡梅打花苞苞了！我只管抿嘴乐，我当然知道，早在几天前我就发现了，那会儿，那些花苞苞，还跟小米粒似的，沾在枝条上，与枝条浑然一体，谁也不曾留意。

接下来的日子，我只要一得空，就晃去那儿看蜡梅。看瘦瘦的枝条上，那些奇迹般的小"疙瘩"，像调皮的小虫子，怀揣着一肚子的小秘密，爬着、挤着、闹着。我站在边上，等着它们中的谁，再也忍不住了，率先"扑哧"一声，把秘密说出来，蜜黄的颜色，也将跟着流淌出来。我知道，一个小"疙瘩"，就是一张美娇

4

颜，里面有着蜜黄的甜，蜜黄的香。

　　我暂时没有等到。但我不失望，我就这么看着，心里也是欢喜的。因为花意已在，花意已在，日子里充满期待，再多的冰天雪地，又有什么难耐的呢？

五月花事

我跟那人说傻话，我说，假如，我也化成这花中的一朵，你会认得我吗？

他答，会的。

我穷追不舍，你凭什么认得呢？

他答，凭感觉，你是不一样的一朵。

一

五月，我的城，是蔷薇的天下。

谁知那些蔷薇是怎么冒出来的？我也只不过才离家三四天，再回来，一个城，就都被蔷薇花占领了。河两岸，都是。小区的栅栏上，爬满了。人家的屋檐下，也趴着那么一大丛。花以粉红居多，间或有一两丛白。每一朵都是娇滴滴的，又都喷着香。这香，也是娇滴滴的香，香得相当的小儿女，怎么闻也不会嫌腻。

"尽道春光已归去，清香犹有野蔷薇"，——春去了有什么要紧？还有蔷薇开着呢。

我在家是铁定坐不住的，每到傍晚，定会梳洗一番，出门，我要看蔷薇去。

远远望见了，它们都好好开着呢。一丛，一丛，再一丛。背景是绿，深深浅浅的绿，柔情蜜意的绿，波光潋滟的绿，配了粉粉的花朵。郎情妾意的，每一寸时光，都堪称良辰了。

我总是迫不及待奔过去，心里的欢喜，泛着小泡泡。虽说昨天才见过，可在我看来，每一次相见，都如初见，都有着巨大的惊喜。

这个五月，我注定要为蔷薇花消去许多时光。这些时光，都是香的。

我愿意。

二

一年蓬从不曾被当作花待过吧？

我小时，在乡下，提了篮子，一捧一捧割了，给猪吃，给羊吃。

可是，它的花，实在美。素淡的白，或是微微泛着浅紫的粉。花瓣儿细如丝线，裁剪成长短相当的，密密地扎成了一圈儿，中间顶着个饱实的黄花蕊，是实实在在的一颗心。一枝上会缀着三五朵，或七八朵不等，参差着，秀气着，似耍杂技的小女儿。

路边的草丛中，随处可见到它的身影。一棵，或几棵，就那么独开独舞，素面朝天，自然天成。

我每每遇见，都要在心里面惊叹，真是美啊。

然后，某天，我就遇见了一大片的它们。对，一大片的。像谁特意栽种的。

谁呢？

是鸟吗？是风吗？鸟在不远处的几棵海棠树间啁啾。风吹着天上的云在跑。

它们，开成了沸沸的海洋，那么多。那么多的小女儿，载歌载舞着。

我望见了乡下的原野。我望见了山涧的小溪。我望见了清澈、纯净和静美。

我不能够走开。不能够。

我跳进花海里。

原谅我，我采了一束。不远几十里把它带回来，插在一只玻璃瓶里。什么时候望过去，它都能瞬间让我的心融化。我的嘴角边，不自觉地，浮上一抹笑来。

我跟那人说傻话，我说，假如，我也化成这花中的一朵，你会认得我吗？

他答，会的。

我穷追不舍，你凭什么认得呢？

他答，凭感觉，你是不一样的一朵。

我很满意他这么答。

那么，那些小粉蝶，也都是凭感觉，寻到属于它们的那一朵的吗？

我看到一只小粉蝶，向一朵花俯下小小的身子去。

我的心，就那么感动起来。

三

虞美人扛着美人的名头，似乎极高贵。

其实才不，人家很草根的。

去年丢下几颗种子，今年就能蹿出一大片。也无须特别管理，它就那么开呀开呀，开出一捧一捧的花。红的白的，薄绸子似的。有单瓣的，有复瓣的。讲究点儿的，还自己给自己绣了彩边儿。

直接摘一朵，都可以当小女孩的喇叭裙来穿。

虞美人个个都是时装高手呢。

四

芍药开得生猛。

我不知道这么形容芍药它会不会不高兴。

它看上去，真的很生猛。

人家的门前，一边一丛。玫粉色。碗口那么大的花。

花不惊人誓不休。

我们的车，从它们跟前掠过去。

惊起了一地的颜色。我回过头去，心瞬间被一朵一朵玫粉淹没。

再难忘。

五

那人说，月季花该叫贵妃花。

也是。

怎么开出那么大的花来？吓人一跳。

颜色又拼着命地往艳里面艳去。每一朵，都是涂脂抹粉的富贵相。

我看它，像看一个可爱的傻姑娘。傻姑娘心无芥蒂，无忧无虑，整天蹦着跳着瞎开心，反倒活得心宽体胖，丰腴富足。

这样，多好。

人一辈子追求的，莫若率真而活。

多识草木

我们走过一段路，却总想回到从前去。其实，不过是想找回初心。那个时候天很蓝，云很白，你很懵懂，我很稚嫩，就像三月枝头鹅黄的芽。

初夏的天，是赏花的最好时节，你看这么多花，开得这么好看，真是不要命的好看。说这话的不是我，是我的一个同事。男的，教生物的，瘦瘦小小。他领我去认校园里的一些花，合欢、单瓣栀子、吉祥草、绣线菊、金丝桃、矢车菊、醉蝶、美女樱、千瓣葵、金盏菊，每一朵花，都开得神采飞扬，溢彩流香。

看着这些花，就叫人舒服，我的同事说。他俯身到一丛绣线菊跟前，神情迷醉，像个拥有无数宝藏的王。

我看着他笑，笑出声来。我看出他的柔软。一个男人亲近花草的样子，真的有说不出的柔软，叫人心动。

忽然，我在"柔软"这个词上怔住。这世上，倘若没有柔软，将是多么荒凉可怕。高山再高，大海再宽，失了柔软，又哪里有美好可言？岩石之中，有小花在开；老屋之上，爬满茸茸的绿的青苔；斜风细雨中，有柳枝轻摆；参天大树上，有小鸟啁啾呢喃；蓝天上，有棉絮般的白云在飘；村庄上空，有炊烟袅袅……正是这些柔软的存在，这个世界才美妙无穷。

一切小的事物，都是柔软的。小鸡是柔软的，小猫是柔软的，小狗是柔软的，小老虎是柔软的，小孩子是柔软的。

一切善的事物，也是柔软的。比如说，好人。他从不戴盔甲。他宽容、温和，让人亲近。

最初的心，也是柔软的。我们走过一段路，却总想回到从前去。其实，不过是想找回初心。那个时候天很蓝，云很白，你很懵懂，我很稚嫩，就像三月枝头鹅黄的芽。

花草为什么惹人爱怜？我以为，也多在于它们的柔软。你看见过哪一棵草哪一朵花横眉冷目冷若冰霜吗？没有的。你再坏的情绪，到了花草们跟前，也会慢慢稀释，百炼钢化为绕指柔。

认识一个女人，人长得威猛，脾气也很威猛，旁人都敬而远之。就是这么一个人，一日我走近她，却看到她的另一面，她爱花草，爱到成痴。她跟我说起她养花的种种趣事。我看她的屋门前，一缸一缸的花，开得澎湃起伏。她粗糙的脸，在那些花儿的映衬下，现出柔软的线条，竟有着几分说不出的可爱。

多识草木，慢慢的，你的灵魂，亦是柔软的，香的。

十亩间

有时，少言的人，自带光辉，就像植物们从不说话，但在植物们跟前，你自然而然会敛神静气，心灵也跟着洁净起来。

我喜欢去逛小蓟的花店。

小蓟的花店，不大，却有个耐人寻味的名字：十亩间。这三个字，用白漆书写在一块褐色的原木上，挂在花店门前的墙旁，上面攀爬着绿的藤蔓。我每每总要为之驻足，想起《诗经》里的句子：十亩之间兮，桑者闲闲兮，行与子还兮。——十亩桑田青青，采桑的姑娘多么悠闲轻盈，晚霞照拂着炊烟，她们采好桑叶，相伴着一起回家。那景象，我以为是人间烟火里最美的。

不知小蓟的店名，是不是取自这里。问他，这个大男孩笑了笑，没说是，也没说不是。他白白的牙齿上，晃动着阳光的影子。

他店里的花草品种也不是很多，常见的不过是些草花，桔梗、石竹、波斯菊、太阳花之类的。他还极喜欢侍弄些野花。他用自己亲自烧制的瓦罐种一年蓬。用自己亲自设计的陶罐种三叶草和蒲公英。瓷盆子里，他种红蓼和紫花地丁。那些野花，经他的手一拨弄一摆放，立即光彩、雅致起来，像是灰姑娘穿上了水晶鞋。

小蓟是学美工的。据说他在这行的学业很突出，曾有大公司开高薪聘小蓟，但他没去。有人替他可惜，说，小蓟你傻啊，放着那么好的机会不去，开个小花店能赚几个钱啊，还这么辛苦。小蓟只是笑笑，回，我愿意。

小蓟把他种的那些野花，在店门口排成一排，也是个沸沸扬扬的花世界了。大家见了，盯着左瞧右看，终恍然大悟，叫起来，小蓟，这不是野花吗？野花也可以这么美？

小蓟笑笑，不解释。那些花与花器的完美搭配，却叫人无法挪步，最后都忍不住捧上一盆两盆回去，野花也当家花来养了。

我在小蓟的"十亩间"来来去去多了，有时会跟小蓟开玩笑，我说，小蓟，你话怎么这么少呢，话多了才会赢得更多的客人呀。

小蓟就笑，白白的牙齿上，晃动着阳光的影子。他说，说那么多话做什么呢，做好自己就是了。

我怔住，看着小蓟。他穿过他的那些花花草草走去，竟也似其中的一棵或一朵了。

小蓟的"十亩间"，一直在那儿，在一条普通的小巷子里。不大的一间屋子，花的品种也还是那些。但隔些日子不去，我会很想念，便又跑去了。小蓟还是那个样子，微笑着，不多言，只拨弄着他的那些花花草草盆盆罐罐，却让人觉得无比安心和舒适。看着他，总让我觉得惭愧，想想我们日常说了多少废话，浪费掉多少好光阴。有时，少言的人，自带光辉，就像植物从不说话，但在植物跟前，你自然而然会敛神静气，心灵也跟着洁净起来。

种　花

蝴蝶们也来了，恋恋地绕着花飞。我妈说，没魂的蝴蝶啊。她那是形容蝴蝶多。那景象我不用想，也知道是怎样的绚丽。我妈不会用"绚丽"这个词，她说，好看呢，好看呢。

我在我妈家门前种花。

花的种子是我从网上拍来的。花十多块钱，就能买上一小把种子。我乱七八糟买了很多，上面标注的是，小野花。好，就它。因为野花好养活，合我的性子。

我妈听说我要种花，乐得眉开眼笑，一迭声答应，好啊好啊，家里有的是地方。她早早就把门前的一块地给收拾出来了。那块地，原先长着蚕豆。蚕豆都开花了，眼看着结荚了，节俭了一辈子的我妈，却毫不吝啬地把它们全部拔掉。

我携着我的花种子回家。我妈高兴，屋里屋外不停地来回转，一会儿找铁锹，说要把地再整一整，一会儿又说要去地里挑蔬菜，给我中午炒着吃，忙得一团糟。却在那"一团糟"里，透出无比的幸福来。她的嘴一直咧着，合不拢了。她说，你一到家，家里的门槛都变高变亮堂了。

这话说得我既开心又黯然，我们兄妹大了，各自有了家庭牵绊，难得回老家。家里只剩我妈我爸两个老人，暮气笼罩下，都是冷清。

我爸也忙活开了。他给那块地追加了底肥，还用钉耙，给划拉出漂亮的地沟。我妈说，我和你爸特地跑去问人家要的鸡粪呢。想我的野花真是有福，落户到我妈家，受到这等礼遇。

种子刚种下，我妈就给浇了一遍水。然后是天天向我汇报门前地里的情形。有鸟来啄食，我妈就又多了一项任务——赶鸟。她整天忙得更不可开交了。

一十八天后，种子们终于出芽了。我妈不时就跑去看一回，说，啊，那些小芽儿，像些小虫子在爬。我在心里面觉得好笑，这些小花儿，不光充实了我妈的生活，治愈了我妈的孤独和冷清，还让我妈学会用比喻句了。

花儿们疯长起来，很快密密地长了一堆儿，你挤我我挤你的。原先的地方不够它们住了，我妈就忙着给它们间种，把屋后也栽上了。花抽枝了，花打花苞苞了，这都是大事儿，我妈很细致地向我汇报。平时少言寡语的老太太，变得碎嘴起来，语调里，都带着笑。

再过一些天后，花终于开了，居然是漂亮的格桑花和波斯菊。红的、粉的、黄的、白的，不一而足。我妈家的屋前屋后，像来了一群穿着鲜艳衣裳的幼童，整日里叽叽喳喳、蹦蹦跳跳，好不热闹。

蝴蝶们也来了，恋恋地绕着花飞。我妈说，没魂的蝴蝶啊。

她那是形容蝴蝶多。那景象我不用想，也知道是怎样的绚丽。我妈不会用"绚丽"这个词，她说，好看呢，好看呢。

村里人没见过这些花，又好奇又羡慕，有事没事，就爱转到我妈家门前来看。孩子们更是日日频相顾。问我妈讨得几朵花回去，开心得不得了。有人开始试探着问我妈讨要一些种子，回去栽种。我妈起初还含啬着不肯给。我让她放心，这些花性子都泼，一长就是一大片的，谁想要，都给。

于是乎，我妈家门前总有人来讨花。我回去，我妈告状似的说，烦死了。我看她说这话时，是多么口不对心，她脸上的笑容里，分明写着快乐。那种给予的快乐。

今天我妈又告诉我，隔壁村子里的谁谁谁，也跑来问她要花种子。格桑花开过了，我妈专门弄了个罐儿，收藏这些花种子。那罐儿比金镯子还珍贵，她看得可紧呢。

我问我妈，给她了吗？老太太端起架子来，狡黠地笑，说，她来要了三回，我才只抓了一丁点儿给她，要的人多哩，我要省着点。她计划着明年，把门口的路边，也都给种起来。

我笑她，那不是谁都可以采了吗？我妈被我点破了心事，嘿嘿两声，讪讪笑着，有些不好意思。

我很高兴，我随手丢下的一把花种子，能让我妈的晚年，浸在花开的缤纷里。我更高兴的是，一个村庄，不，更多的村庄，都将因这一把花种子，而花开沸沸。

买得一枝花欲放

生活给予你的，或许不都是风调雨顺一马平川，有坎坷、挫折、困苦，甚至不堪。可不管你活得多么不如意，也别忘了，买一枝花回家，供养心灵。

六七月的天，在街上走，常常能碰见卖栀子花的。

乡下妇人，提着篾篮子，篮里面躺着一朵一朵的稠白。为保持新鲜，那每朵花上，都喷了水。绿枝横陈，花朵雀跃其上，水灵鲜活，仿佛就要从篮子里蹦出来，由不得你不心动。

每回遇见，我心里总是一喜。我喜欢这卖花的妇人。我想象着她的家，小楼初砌，抑或就几间简陋的小瓦房，房前长着一两棵栀子树。她养鸡养羊，还要伺候一田的庄稼，日子里，有着太多的辛苦劳碌。可是，却有花在房前开着，香着。

是哪朵花，先绊住她匆忙的脚步的？她每日都有了新的期待，走过花树旁，也总要停一停。哦，一朵开了。哦，又一朵开了。她站着，一任笑容慢慢爬上自己的脸，她就那么独自欢喜着。终得满树的花开，撑不住那香了。她不舍得浪费，一枝一枝，细心地采下来，提到街上来卖。也不卖大价钱，一块钱能买好几朵呢。她卖的，是花，又不是花。她卖的，是她的欢喜。她也不叫卖，只静静坐在那儿，花香自会替她招徕客人。

我买一枝栀子带回，放水碗里也好，插瓶子里也好，清水供养着，就够了。过后，我忙着自己的事，把花的事给忘了。一抬头，有花香扑过来，猛烈地亲我一口。我一愣神，笑了，这才记起自己买过花带回的。

有一回，我放在水碗里的栀子，花开过后，萎了。我扔了那萎了的花，却忘了倒水碗中的水。那水碗，也就一直搁在那儿。我每回进厨房，倒茶，或是做饭，总闻见一阵香。四处去搜，竟是灶台旁那养过栀子的水碗中的水，散发的香。这让我惊喜了好些日子。

去福建的一个小城有事。小城看上去有些旧，不繁华，不气派。我在街上随便溜达着，不喜，亦不忧。突然看见有卖荷的，一乡下农人，担着一担的荷和莲蓬，晃晃悠悠地走在大街上。我看着他走过一棵梧桐树，再走过一棵梧桐树。阳光的碎影，在他身上，在那些花上，水波样晃动。那画面，让我倾倒。我瞬间对那个小城，产生了好感。一担的花，让一个城变得温婉。

我问他买了一枝荷。他说，插水里，能开好长时间呢。黑瘦的脸上笑着，露出洁白的牙。我点头，微笑。擎着这枝荷坐火车，几千里路带回，它居然还是鲜活的。后来，它在我书桌上的玻璃瓶子里，开了月余之久。

去广州。拥挤的街头，嘈杂的闹市口，热气蒸腾。我不喜，想着还是速速撤离吧。突然瞥见一遮雨篷下，有山里汉子倚墙而坐，面前搁着的红塑料桶里，插着一束一束的野姜花。卖花的汉子说，山上的，刚采的。身旁满满的热气，就那样迅速退去，眼前只剩下一朵一朵莹白的姜花，带着山野的气息，散发着清香。不少路过的人，都停下来买。那一刻，卖花的，买花的，俱美好。

一个爱花的人，他的内心，一定是善良柔软的，有着对生命的热爱。

是的，热爱。生活给予你的，或许不都是风调雨顺一马平川，有坎坷、挫折、困苦，甚至不堪。可不管你活得多么不如意，也别忘了，买一枝花回家，供养心灵。

荷　花

同学在帮厨时，拣一节最嫩的藕，切下递给我。我接过，咬下第一口，听到清脆的咔嚓声在我的牙齿间响起，我的眼里，涌上了泪。

　　我小时很少见到荷花。家里的土灶上，倒是画着一幅《鱼戏荷花图》。那时的乡下，家家户户的土灶上都画着这么一幅画。砌灶的瓦匠，是个中年男人，他最拿手的，也就这一幅画了。叫他画别的，他画不来。灶砌成，刷上白水泥，他在白水泥上画。红颜料画荷花和鱼，绿颜料画荷叶和茎。三笔两画，也就大功告成了。花开得喜气洋洋的，鱼摇头摆尾的。大家围着看，都说，真像，像活的。我们小孩也满心高兴，对着那幅《鱼戏荷花图》看了又看，觉得那花朵好看，鱼也好看。

　　但愣是没见过荷花的实物。我们那里不长。

　　为什么不长呢？颇费思量。按说荷是地球上的老寿星，生命的"活化石"，它的果实——莲子与藕，曾是人类祖先的果腹之物，养活了人类，没道理不长它啊。

某天，有一小伙伴儿，神神秘秘地告诉我们大伙儿，她在"狐狸"家的屋后，看见了魔鬼花。那一定是鬼变的，她很肯定地说。

"狐狸"家是下放到乡下来的。与乡下人家有着大大的不同，他们一家人，都长得白净，也好看，身上的衣着永远整洁体面。可偏偏身上有狐臭。夏天，他们很少出门，都窝在屋子里看书。村里人悄悄说，他们是怕被人闻到他们身上的狐臭呢。

因长得好看，又有狐臭，就有人打趣说，他们家的人，都是狐狸变的。我们小孩信以为真，也就称他们家为"狐狸家"，平常单个人，是不大敢接近他们家的。

我们结伴去看"魔鬼花"。花开在他们家屋后的小池塘里。也就三五朵，撑在水面上。花朵儿有粗瓷大碗那么大，在青绿的水面上，艳得惊心。我们远远地站着看，一个个敛声屏气的。有小伙伴眼尖，说，那是我们家灶台上的花。就有人打断，不对，灶台上的花没这么大。一时争论不休，争不出个所以来。直到他们家有人到屋后来洗东西，我们吓得转身就跑，四散开去。但那几朵"魔鬼花"，是忘不掉了。直到有一天，我小姑姑得知，她笑话我们，什么魔鬼花，那是荷花！

原来，它就是荷花！我对"魔鬼花"的惧怕放下了，转而对小姑姑充满崇拜，她居然知道真的荷花哎，她又是怎么知道的？

过几年，我上学，路过隔壁村，看到人家地里，长着大片大片的荷。叶肥厚浑圆，花丰腴富丽，开红花，开白花。没有人稀罕那些荷花。他们也不叫它荷花，他们叫它藕花。

藕花谢了结莲蓬。莲蓬真漂亮，像绿色的蜂窝房，里面住着一粒粒绿色的小宝贝——莲子（剥开后呈白色）。花下面还结出藕，藕段儿胖胖的，像奶水充足的小孩的胳膊。看着，就很水灵好吃的样子。那时我觉得，能弄到一节藕当水果吃，是顶顶幸福的。然而贫寒的家里，是不会去买藕的，这个愿望，一直到我上高中才实现了。

上高中时，我有同学，家里长了好几亩地的荷。她带我去她家，地里的荷花都谢了，起藕正当时。我吃到了她母亲做的莲藕炒肉丝和冰糖糯米藕。同学在帮厨时，拣一节最嫩的藕，切下递给我。我接过，咬下第一口，听到清脆的咔嚓声在我的牙齿间响起，我的眼里，涌上了泪。

荷花当食用蔬菜，据说从西周初期就开始了。《周书》中记载道："薮泽已竭，既莲掘藕。"可见，莲子与藕，已成为当时普遍的食用之物。

历来的文人墨客，关注的却不是荷的果实，而是它的花。他们把更多的浪漫情怀，付诸荷花身上，写下大量的诗文，画出大量的画作，我就不一一赘述了。

我每年也必去看荷。我只是单纯地觉得，这水生之物好看，且与我少时的记忆，有着关联。

荷花过人头

赏荷，宜清静。

最好是小小的池塘，花也不多，就三五朵娉婷。

夏日的盛事中，荷的盛开，算得上一桩。

从荷花初露峥嵘起，满世界便都在传着荷的音讯了。这里那里，早早约好了，一起赏荷去吧。

这样的有备而去，这样的群体出动，自然是热闹的，隆重的，欢天喜地的。但，总让我觉得少了点什么。没有了那种乍然相见的惊，劈面相逢的喜。

我还是喜欢这样的遇见。指不定哪日，你正在路上走着呢，也许只是一段平日走惯的寻常路，你无意中一扭头，就瞥见了路边的池塘里，荷已亭亭。它在你毫不知情的情况下，竟全然盛开了！

哎呀，看，荷花！荷花开了！你来不及思索和犹豫，就发出这样的惊呼。这意外的惊和喜，在你心中激荡起的愉悦和欢快，远超过预料中的鼎沸和喧腾。

人生最美的相见，原是邂逅，是不期而遇。

是在去年夏天，我去山东有事，返家的途中，乍然见到路两旁的村庄，全被荷给"淹没"了。人家的青砖红瓦房，像小小的岛屿，隐现于荷花丛中。朵朵的红，朵朵的白，像撑着长篙的红衣女子和白衣女子，那些青碧的荷叶，则成了她们驾着的青碧的小船。

这意外的相遇，让我止不住一阵激动，好比获得意外奖赏。

我在那里逗留。看农人们一枝一枝采下荷来，扎成一束，拿到集市上去卖。荷花深处，密不透风，汗水湿衣。荷的茎上，密布着细细的绒刺。纵使戴着手套，小半天下来，他们的手上臂上，也尽数被刺伤。汗水流过，红肿一片。

到挖藕时，更辛苦。他们得踩着很深的塘泥，蹲伏在地里，不一会儿，已成泥人。

他们的脸上，却没有丝毫的抱怨神色。他们很坦然地笑，淡淡地说，做什么事不辛苦呢？有辛苦才有收获嘛。

这话让我肃然起敬。我想起我故去的祖母，她在世时常说一句话，这世上没有落地桃子吃的。只有付出了，得到时才能心安理得。

今夏荷又开。听说那里已拿荷做文章了，轰轰烈烈地搞起荷花节来。我打消了再去那里看荷的念头。我不想扎着人堆，做那纷攘之中的一个，那会减损了荷的韵致。

赏荷，宜清静。

最好是小小的池塘，花也不多，就三五朵婷婷。

突然怀念起小时的乡下，几家人共用一个小池塘，平日的吃喝洗涮，全在里头。塘里面长菱角，也长荷。荷花开的时候，三五朵不等，撑着一张粉艳的大脸庞，静静站在池塘的一角，站在水的上面。它美，美得有些邪乎。在我们小孩的眼里，那是很奇怪的事。我们一度叫它魔鬼花，不敢去碰它。

荷叶我们却喜欢。我们摘下它来，当帽子，顶在头上。祖母还用荷叶做过粉蒸肉，真是天底下最好吃的东西。

午时，我走过小池塘，荷在池塘的一角，站着，红艳艳的。我静静看它，它也静静看我。天地间没有一点声响，鼓噪的蝉也停了鼓噪，小麻雀们也不闹了。我很希望它变成一个仙女，走上岸来。但到底没有。直到有大人走近，吓唬我，你这小丫头，一个人在这里犯什么傻呢，当心塘里的老鬼把你拖下去哦。我突然害怕，转身就跑。现在回忆起来，我那时害怕什么呢？是害怕到河里去，变成一朵花吗？小小的心里，大概是害怕着发生变故的。你做你的花，我做我的小孩，这才是最好的。

朋友在小缸里养荷，三年了，终于打苞苞了。他欣喜得不得了，从小荷才露尖尖角，到花瓣儿慢慢绽放，他一一记录下来。这成了他每日里最大的欢喜事。

终有一天，他热烈地宣布，我家的荷花已过人头了。

我在他的这句话上打转，喜极。"荷花过人头"，多好。只这一句，尘世的生活，就透出无限的芬芳来。荷花与人，俱美好。

染教世界都香

我和那人，有一句没一句地说着些话。一切都好到不能再好，天地是，万物是，人是。情绪像鼓胀起来的风帆，意气风发，只想破浪劈涛，朝着远方航行去。

秋风吹了几吹，桂花也就开了。

每年，它都是如此守时。不管你有没有在等，不管你有没有把它放在心上，它都会来，只为赴它自己的约。

它来，是高调着的，霸气着的，是锣鼓齐鸣着的，沸沸扬扬着的。它就是它的小宇宙。

没有人会嫌恶了它的高调。谁会呢！人家的底气在那儿摆着呢，不过一两枝花开，就能"染教世界都香"。

香是香得风也打着转转，醉醺醺不知往哪儿吹。我和那人，沿一条河边大道，慢慢走。桂花的香和甜，在身边缠绕不休。我们走到东，它跟到东；我们走到西，它跟到西；我们走到一座桥上去，它竟也跟到桥上去。它像个懵懂可爱的孩童，抓一支蘸满香料的笔，逮到什么涂什么，想涂抹出一个它的世界来。你拿它是一丁点儿办法也没有的，也只好纵容着它，宠溺着它，任它爬到你的身上，乱涂乱画。哪一笔里，不是香和甜哪！那是初入尘世的天真和美好。

夜色在桂花香里弥漫。河里偶有船只驶过，呜呜响着。船头的灯，如萤火。我微笑地看着船只驶过我的身侧。它是否载了一船的桂花香而去？辛苦的奔波里，伴了这样的花香，也算是慰藉是奖赏了。

虫鸣声变得轻柔，不知它们躲在哪一棵树的后面。它们喁喁着，很懂事的，生怕惊扰了什么。没到十五，月亮还不是很圆满，却更显得静美，像开到一半的白莲花，浮在靛青色的夜幕上。有人从身边走过，他们携来一阵香风，又携走一阵香风。我和那人，有一句没一句地说着些话。一切都好到不能再好，天地是，万物是，人是。情绪像鼓胀起来的风帆，意气风发，只想破浪劈涛，朝着远方航行去。

这样的时光，真真叫人舍不得。像小时候品尝那难得的一块麦芽糖，或是月饼，小心地捧在掌心里，傻傻地笑着，看着，快乐在心里冒着泡泡，舍不得动口去咬它。怕一下口，就把它给咬没了。

想来小时也就知道，甜美的东西，是要珍惜着的，是要慢慢消化着的。不然，就是莫大的辜负。

那人对着夜空，深深呼吸一口，再深深呼吸一口，叹道，真好啊。

是啊，真好啊。一年有这样一场桂花开，人生里，也就多出许多的不舍来。纵使遇着这样的不顺，那样的艰难，仍有这般的好时光，它不会负你。活着，也便值了！

桂花就这么楚楚地开着

> 人生也就这么长，减去前面懵懂的岁月，减去后面苍老无力的岁月，中间剩下的好年华，也就几十年。这几十年里，桂花就这么楚楚地开着，我就跟着这么楚楚地惊着喜着，也不算辜负我的一生了。

桂花的品种多。有以花色来分的，分金桂、银桂、丹桂。《红楼梦》里的夏金桂，娘家是植有大片金桂的。有以叶形来分的，分柳叶桂、金扇桂、滴水黄、葵花叶、柴柄黄。有以花期来分的，分八月桂、四季桂、月月桂。由于近些年栽培技术不断提高，品种继续在增多，记是记不住的，就统一叫它桂花好了。如果硬要记住，那就从色泽上给它区分一下，颜色乳黄或金黄，花朵细碎香味浓郁的，是金桂。颜色淡而洁白的，香味甜郁的，是银桂。花色橙红，花朵极显眼，香味较淡的，是丹桂。

我这里要说的，是金桂。它是最百姓的，大江南北，寻常人家的院落里，都能遇见。却没有因为太过普遍被贱待，人们爱它，是爱到不厌其烦坚贞不贰的。这也是桂花的本事了，它香得那么缠绕不休，硬生生把人的心给泡软了。古人诗词里的桂花，我想，也多指金桂吧。比如："广寒香一点，吹得满山开。"比如："桂子月中落，天香云外飘。"比如："月宫幸有闲田地，何不中央种两株。"都不拿它当寻常之物，而是当世外仙姝。

我所在的小城，每逢桂花开，满城都浸在它的香里面。路边的绿化带里，多有种植。人家的小院子里，也都植有一两棵。我虽住高楼之上，也思量着要用瓦盆子装上一小棵栽着玩。卖花的小贩信誓旦旦对我说，我包你成活，它绝对好长。我有点不确信，然又跃跃欲试，有一棵桂在窗台上长着，我只当是住进月宫里了。

它开花，一点儿不矜持，是非得闹得全世界都知道。蕊黄，花朵细碎，如米粉。虽其貌不扬，可人家香哪，香得那么理直气壮、底气十足，它偷袭于你，叫你如何把持得住！它是黏人的小妖精，却不讨你嫌，你就那么甘愿被它俘虏，被它的香绊住脚步绊住心。你想吃桂花汤圆了，想吃桂花羹了，桂花莲藕也正当时。如果再喝一点桂花酒，佐以桂花米糕，那日子真是再惬意不过了。

我喜欢这样遇见它。还隔着老远的一段距离呢，它就满身喷香地跑过来了，用香吻我。我一惊一乍，呀，桂花开了呀！却不知它藏在哪里。或许在一个幽深的庭院里。或许就在路边的那些杂树丛中。

寻找它也是桩顶有情趣的事。到处去寻，穿小径，拨草丛，有时还要趴着人家的院门，往里瞅。它点着迷魂香，让你晕乎乎的。你闻着香去，以为它一定在这处，却扑了个空。它的香又跑到别处去了。最后，终给找到，那惊喜就像捉住一个擅躲猫猫的高手，你就差得意高喊，我捉住你了！

闻够它的香，还不行，必得摘上一小把，在口袋里装好。一路走，一路触摸着，心里真是欢喜，这人生真是十分的好啊！

到家，那手指都是香的，不舍得洗，不时举着，闻闻，独自快乐小半天。

一年一年的，我都重复着做这样的事，重复着惊这样的喜，重复着对它唠叨，重复着翻阅和诵读写它的古诗词，且为它重写上一段文字。

人生也就这么长，减去前面懵懂的岁月，减去后面苍老无力的岁月，中间剩下的好年华，也就几十年。这几十年里，桂花就这么楚楚地开着，我就跟着这么楚楚地惊着喜着，也不算辜负我的一生了。

糊涂的美丽

我在小径旁的一条长凳上坐下。一圈儿的阳光，泊在那儿，融融泄泄。我坐在那圈阳光里。不用急着去哪里，也没有什么人催着我走，也不必去想森林外的事。我做什么，或不做什么，完全听凭自己做主。

在桂花的身边，人的大脑，容易迟钝。

想什么呢？什么也想不了。

那么香！香也罢了，偏还浸着甜，是活泼的少女身上，散发的那种鲜活甜蜜的朝气。

怎么办呢？

没办法的。只能沉溺，心甘情愿的。

我骑着诚诚提供给我的单车，那车真是轻便好骑得很。我从森林接待中心的客房那里出发，客房边上，就栽着几棵桂花树。花累累地开着，香甜的气息，一波复一波。我从旁边经过，它们慷慨地赠我一车的香。

我驮着一车的桂花香，穿行于杉树林和杨树林中。上午的森林里，起了风，一阵一阵的，树叶便跟着一声高一声低地应和着。

一会儿吟哦，作诗一般的。一会儿长啸，豪气冲天。一会儿又变成淑女，素手弄琴。一会儿化身为壮士，敲着竹板，唱着大江东去，大江东去。

十月的天，有了寒。轻寒。这样的寒，让人的神经变得格外敏感，一点点暖，一点点亮，一点点声响，都能在心中铺出一片温柔来。何况，还有缠绵不休的桂花香。

是森林管理者的用心了，他们在森林里，也栽了些桂花树。不多，只在每条小径的拐角处，栽上一两棵。也只要那样的一两棵，够了。多了，就泛滥了。泛滥了，就流俗了。流俗了，就少了它应有的动人了。赏心只需两三枝。这两三枝，足以供养一颗心了。

我被桂花香迎着，觉得尊贵。我停车，在它的身边待上一待，也不知要跟它说些啥。只微笑，望着那一树细密的金黄。

没有人。多好。没有人。早晨那些欢叫的鸟们，此刻，也不知去了哪里。偶尔一两声虫鸣，像呓语，响在林子更深处。天地间，只剩下静。除了风偶尔路过。

我在小径旁的一条长凳上坐下。一圈儿的阳光，泊在那儿，融融泄泄。我坐在那圈阳光里。不用急着去哪里，也没有什么人催着我走，也不必去想森林外的事。我做什么，或不做什么，完全听凭自己做主。

还是要想到梭罗，那个可爱的美国人，他住在他的瓦尔登湖，幸福满满地说，我浏览一切风景，像个皇帝，谁也不能否认我拥有这一切的权利。

这会儿，跟他一样，我也像个皇帝。

一只小虫子飞来，歇在我的衣袖上。它把我当作一棵草，还是一朵花了？我没有惊动它，任它歇着。我的身前身后，小野花们黄一朵紫一朵的，肆意无序地开着。它们好似来此游玩的仙童，在偌大的森林里，甩开脚丫奔跑。一只蝴蝶，橘黄的，艳艳的，和一朵蒲公英亲吻了许久。野葡萄的花，细碎得像小米粒，结出的果子，却有着透明的紫，跟小紫玉似的。能吃，我小时吃过。我跑过去摘下几颗，放嘴里，酸酸的，童年的滋味。几只蜜蜂也不知打哪儿来，它们忙得很，一会儿去问候小野菊，一会儿又来敲野葡萄的门。桂花的甜香，飘拂过来。

我不知拿什么来形容眼前的事物，只觉得眼前样样都好。包括我这个人，亦是好得不能再好。我想对它们说，我们就这么好下去吧，好到地老天荒。

翻开木心的书。木心在聊希腊神话，他说希腊神话有种糊涂的美丽。

我突然为我眼前的事物，找到最好的注脚。原来这一切，都有种糊涂的美丽啊！它们你中有我，我中有你，不问来处，不想去处。就这样，待在一起，待成神话。

旱莲草

> 它是从什么地方跑来我的花盆里的呢？这恐怕是个永远的谜了。它是为了它的爱情而来，我却独享了这份馈赠。

长月季的花盆里，来了个不速之客。

它是什么时候来的呢？不知。我想月季肯定知道，但月季却不说。

起初，它只冒出了一点儿的轻绿，——到底是别人的家，它不免有些小心翼翼的。我仔细察看那一点新绿，以为是野蒿子之类的。想着，它既然巴巴地赶来了，那就让它住下吧。我没舍得赶它走。

它一日一日，大起胆来，完全把月季的家，当作自己的家了。月季长，它也长，快快乐乐地抽茎，欢欢喜喜地长叶。我再细看它的茎和叶，有点类似于凤仙花。我认定它就是凤仙花了。心里乐，等着它开花。

又一些天，月季开始打花苞苞了，枝头一点鲜艳的红，犹如顶着一颗红宝石。它亦不甘落后，拼命往上蹿，与月季齐肩，且也很认真地打起了花苞苞。小，绿色的不起眼的，像粒青麦粒。我仔细辨认，才知原来认错它了，它不是凤仙花。

看它的样子，似曾相识，是童年惯见的野草之一。一时却叫不出它的名字。人有时就犯着这样的糊涂，过分熟悉的事物，反倒给遗忘和忽略了。它不介意我是否记得它，它正忙着和月季恋爱，一副情到深处的模样。

月季开花了！一朵红，在绿叶的托举之下，风度翩翩，神采焕发，像个新郎官。它紧跟其后，也绽放了，小鸟依人地傍着月季。花浅白，细眉细眼，却格外眉清目秀。有点类似于小雏菊。

给它拍照上网，立即引发一股追忆童年的热潮。原来，从前乡下的孩子都知道它的，它是他们挎着的猪草篮子里的主打草，猪爱吃。他们叫它烂脚丫子。

记忆被点拨了一下，排山倒海起来。我童年的猪草篮子里，也没少有过它啊。田埂边，沟渠旁，有草的地方，它都不缺席。它更喜欢和玉米、棉花们争宠，放学后，我提着猪草篮子，一溜烟跑进玉米地或棉花地里，一割就是一篮子。

它染色极重。茎断，汁成墨色，染手指脚趾上，好多天都洗不干净。可能这也是它被叫作"烂脚丫子"的由来。

它的学名也不大动听，叫鳢肠，又名乌田草、墨旱莲、旱莲草、墨水草、乌心草。这些名字大多与它墨色的汁液有关。李时珍语：鳢，乌鱼也，其肠亦乌。此草柔茎，断之有墨汁出，故名，俗呼墨菜是也。细实颇如莲房状，故得莲名。

我偏爱它叫"旱莲草"，是生于荒草之中的莲，颇有"鸡窝里飞出金凤凰"的励志范儿。何况，人家开花的样子，也的确不难看，宛如一枚小小的莲蓬。

它还是家常的一剂药。我小时生疮，我妈拿它嚼碎了，敷在疮上，不几日便好了。它还能治偏头痛、疟疾、牙痛之类的病。民间偏方里，它是常客。

它是从什么地方跑来我的花盆里的呢？这恐怕是个永远的谜了。它是为了它的爱情而来，我却独享了这份馈赠。

宝盖草

身边的事物，被我们漠视掉多少？我相信，在我的讲座之后，会有一些孩子，跑去花坛那里，寻找宝盖草的。

对于宝盖草来说，尽管那是迟来的相认和问候，它应该，也很高兴了。

宝盖草为什么叫宝盖草呢？好奇怪的。

我小时就对此百思不得其解着。它喜欢长在地沟旁，或是田埂边。我坐在田埂上，伸出小指头，对着它的一点红，点下去。它弹跳一下，又挺直身子，顶着那一点红，不动声色地看着我。我再点下去，它再弹跳起来。我们就这么玩着，不厌其烦，能玩上大半天。

它的样子好看。一枝茎撑着，叶片子一圈儿一圈儿地缀着，每一圈儿都有八九片叶子到十几片不等，参差着。一圈儿与一圈儿之间，隔着一定的距离。它就这样一层一层，一圈儿一圈儿地码上去，每一圈儿叶子都呈花开状，有些像宝塔。对，我觉得叫它宝塔草，似乎更形象。

春天刚苏醒，我们到地里去，就看到它了。它好像比春天醒得更早。

　　这个时候，它的叶片子早已长成，是一棵完整的植物的模样。它从那一圈儿一圈儿的叶子中间，探出点点红来。那红，比桃红要深一些，比紫红要浅一些。像小星星，也像田鼠的小眼睛。它在向春天宣告，它要开花了！粗心的人见到，不以为那是花苞苞，以为是叶子本身就长那个样子呢。

　　它是个占有欲很强的孩子，春天的席位才刚铺开，它就早早抢得个好座儿。咋咋呼呼地说，我要拔得头筹。接下来，它却不急了。桃花开了，它还没开；梨花开了，它还没开；菜花开了，它还没开。它就那么顶着那些颗"小星星"，懒怠懒散地闲待着。总要等到荠菜花开烂了，它才慢悠悠地，撑开那些颗"小星星"，一点一点地，往外托着好颜色。

　　开好的宝盖花，很特别。有人形容它，"像一只从洞穴里探出头来的小兽"。这只小兽粉粉的，有着长长的小脖子，俏皮着。

　　我们小时是等不得它开花的，就采了它，给猪吃。成篮子成篮子地采。那时的猪也幸福，吃的全是纯天然。猪不知，此草还是很宝贝的药草，若用它泡酒，可养筋活血。不过，我从没见大人们拿它泡酒。穷日子里，饭都难得到嘴，哪还有酒可喝！

　　现在难得见到宝盖草了，得去寻。小城的紫荆花开得沸沸的时候，我去看紫荆花。在紫荆花旁的一条水沟边，看到好些株宝盖草，花也都开好了。真是意外。

　　去一所新建的学校做讲座。一进门就看到有个圆形的花坛，上面栽一棵松。松树的下面，野花野草们相处和睦。还有一两棵油菜花，也在那里凑热闹。我真替它们庆幸呀，没有人拿它们当杂草除掉。

　　我蹲下去，一一招呼它们，就看到了几株宝盖草。它的花还未盛开，绿叶子中间，冒出点点的红。像谁不经意用蜡笔轻点了一下。我想起它另有个好听的名字，叫珍珠莲。细看，还真像镶着一颗颗红色的小珍珠。

　　旁边走过一些孩子，他们好奇地看看我，又走开去了。后来，我在讲座时，提及花坛里的宝盖草。台下立即议论纷纷，哦，还有这种草？

　　身边的事物，被我们漠视掉多少？我相信，在我的讲座之后，会有一些孩子，跑去花坛那里，寻找宝盖草的。

　　对于宝盖草来说，尽管那是迟来的相认和问候，它应该，也很高兴了。

终朝采蓝

美，才是人类最原始最华贵的尊严。

植物唤蓝，真正迷死人。

怎么就唤蓝呢？

马蓝、木蓝、蓼蓝、菘蓝，哪一个念在嘴里，都能念出一嘴的蓝来。染了春衣，染秋衣吧。染了衫子，再染裙吧。

我总忍不住想上一想，是谁，最先发现，葛可以织布，蓝可以染衣裳？布能遮体，一为避羞，二为避寒。然用蓝来染色，却无关乎羞与寒冷。

只是因为，追求美啊。

在美跟前，人类无师自通。

想起曾看到的一幕。一个流浪在街头的智障女，在垃圾桶里，捡到一枚红色发夹。她高兴得举着发夹，近乎发狂地笑着跳着。然后，她把它，夹到了她的发上。她指着头开心地对人说，美，美。

美，才是人类最原始最华贵的尊严。

人类祖先，给我们开创了美的先河。女人们在头上戴花，戴荆钗。男人们在头上插羽毛，在腰间佩饰物。把贝壳、骨头、石子钻出孔来，穿成手镯和项链，装饰手腕和脖子。但我还是要惊异于，他们怎么就想到要把颜色，染到衣上？怎么就知道蓝草里面能提炼出蓝？

真聪明啊！

《诗经》里有"终朝采蓝"之句，每回念到，我都如初见。喜欢。喜欢到忧伤。想着那个采蓝的女子，蓝衫蓝裙地穿着，去野地里采蓝，为她的夫君织染衣裳。夫君尚在远方，说好五天归的，六天过去了，他竟还没有回。她心不在焉地采呀采呀，思念都染上蓝了。她的夫君若远远打马归来，是否率先看到他的那一朵蓝？

人类最贴己的颜色，原是蓝。

幸好，还有那样的老作坊在，织染着从前的蓝。

是在湘西的苗寨。那里的人们，还过着自给自足的生活。吃的是自家种的粮食，穿的是自家织染的衣裳。无论大人小孩，都是一身的蓝，靛蓝，或蓝黑。衣襟和衣袖上都绣了花。他们一个个走出来，仿佛是从《诗经》里走出来的。

那里的女人们都精通织染和绣花。她们把采来的蓝草，一篮一篮，浸泡在大缸之中。隔天，再加以石灰搅拌。几天之后，撇去上面清水，得半缸蓝胶，就是上等的染料。

看过她们把染好的布料，晾在太阳底下晒。那一匹匹蓝，在蓝天下飘拂着，有着远古旷野的浩荡、朴素和寂静。

第二辑

跟着一朵阳光走

白云生处

我们来这尘世走一遭，原都是为了这个
"生"。白云朵，亦不例外。

每一朵白云，原也是有根有家的。

这样的云朵，鲜活、亲切，有烟火气。

一

好好的，突然刮起了一阵风。

风真大，似猛兽发了狂，一路狂奔着。晾在外面的衣，挂不
住了，我收进来。一抬头，看到天空，我竟怔住，不自觉"啊"
了声。

那些云，那些雪白雪白的云，被风赶着，慌不择路地跑着。
跑着跑着，就滚到了一起，滚成一个一个的大雪球。天蓝得深沉
又深情，跟湖泊似的。那些"雪球"，又似浮在水面上的大白鹅。
这一群"白鹅"，是谁放牧的呢？

不可思。

我也就不去思了。只做着一个，闲观"白鹅"凫游的人，觉得幸福。

晚上七八点的天空，又是另一番样子。风止了，云朵稀了，它们变成莲花瓣了，簇拥着一个大而皎洁的月亮。这个时候的月亮，有王者之气，有金属的光芒。

花树扛着一树的花，浸着月光，朵朵都是蜜饯。青草地上的青草，浸着月光，柔嫩清润得似乎都能摘下来，直接塞嘴里吃。月下有跑步的人，他们泡在月光里，有瓷器之美。

我一会儿看看天空，一会儿看看大地。我所要的好世界，就是这个样子的吧。

二

五月。我在合肥。

下午三四点的光景。天空很干净，有蓝玉之光。这样的天空，惹得我频频抬头。后来，我索性停在路边，一心一意地看。

无数的白云朵，突然冒了出来。像一场雨后，蘑菇们唰啦啦从土里钻出来。

这很神奇。我想，天上一定有谁在种着这些"白蘑菇"。

这些"白蘑菇"密密地聚在一起，又嘭嘭嘭地开起花来。你根本来不及细看，那些花朵，便都开好了，像秀气的玉兰花。

一天空的玉兰花呀。一朵挨着一朵，一朵挤着一朵，仿佛就有香气流淌下来。

我恨不得飞上天去，摘下它们来，提着篮子去叫卖，让花香染遍一条又一条悠远的深巷。

晚上，跟当地朋友说起这个。他挺意外，"啊"一声，笑了，说，是吗，有吗？我们这里也有这么好的天空？

我突然心疼得不知所措。

不远处，五月的蔷薇，攀爬在一户人家的铁栅栏上，默默地开。

三

杜牧写"白云生处有人家"，这一笔真是聪明、漂亮、大气磅礴！

没有多余的修饰，甚至不带一点比喻和夸张，他近乎大白话地，把眼睛里看到的，给实打实地描绘出来。秋色弥漫，草木斑斓，有石径弯曲其上，直往那云端里去了。鸡舍房屋，隐隐约约。山居寻常，却如此动人心魄。

他用的那个"生"字，令我着迷。是"生活"的生；是"活生生"的生；是"生龙活虎"的生；是"生生不息"的生。

我们来这尘世走一遭，原都是为了这个"生"。白云朵，亦不例外。

每一朵白云，原也是有根有家的。

这样的云朵，鲜活、亲切，有烟火气。

贾岛的"云深不知处"也好，却显得渺茫，心绪无着落。

四

我说我养了几朵云。

唔，是真的。

我把它们养在窗子外头，养在我小屋的上空。

我在屋子里做事，一扭头，就看到它们。小白鸽似的，隔着窗，朝我张望。

每天有它们在，天空多晴朗啊。

它们都是爱学习的好孩子，每个都学得一身变魔术的好本领。有时，它们会变成小鸡、小狗、小羊、小兔子，甚至小老虎，逗我玩。有时，它们又变成小溪流，哗啦啦地流。再或者变成沙滩，变成山峰、丘陵和峡谷。

我看书的时候，它们也一本正经地看书。我在给花浇水的时候，它们就自己变成一朵花。

它们也会跟我屋前长着的几棵树玩。把影子一朵一朵，投射到树的上面。一只鸟，蹲在它们的影子里唱歌。一只猫，走过树下面。它抬头看看树，有些好奇，它一定看见了白云朵藏在里面。

它们偶尔也会离开几天，去巡游外面的世界。它们一离开，天就阴了，下雨了，或是下雪了。我不急，也不埋怨，只耐心等着，我知道它们很快就会回来。

果真的，我一觉醒来，雨停了，雪止了。它们正蹲在我的小屋旁，一脸明媚地看着我。

如果有一天，我说我要送一朵云给你，那你一定被我当成了知音。

被春恼

> 万缕春风，一点一点，染绿万亩河山。冷不丁的，你就撞到一河的碧水，噙着一树桃花的影子。有小鱼，从花树的影子间穿过，像潜入水底的燕子。它们有它们的秘密要说。

春天，真叫人舍不得，一万个的舍不得。

舍不得那些树；舍不得那些草；舍不得那些花；舍不得那些水；舍不得慢慢爬上墙的绿；舍不得吹过来的细软的风。

吹得人的骨头都酥了。

走在春天里，总有幸福不期而至。眼睛随便瞟向哪里，都有一团好颜色相迎，倾巢而出，四野惊动。

春天，是神赐给众生的恩泽，不分贵贱，无论强弱，不偏不倚，绝对公平。

嫩，是嫩得不能再嫩的。艳，是艳得不能再艳的。万缕春风，一点一点，染绿万亩河山。冷不丁的，你就撞到一河的碧水，噙着一树桃花的影子。有小鱼，从花树的影子间穿过，像潜入水底的燕子。它们有它们的秘密要说。你站在那里，悄悄看，似一个偷窥者。

油菜花最不拘小节。它们成群结队开得，离群独处也开得；乡下开得，城里也开得；河畔开得，砖缝里也开得。你路过一个小区，小区的围墙根，散落了一些碎砖头。平日里也不大留意那里，这时候，砖缝里，居然钻出两三棵油菜花来，一身的珠光宝气，黄得耀眼，似乎把家底儿全给兜出来了，不藏不掖，仿佛在对着一个世界说，来吧，来吧，我有的，全都给你。你看着那几棵油菜花，微笑，你心里面有感动。你知道它们一定是从乡下跑来的，该是从去年夏天起，就上路了。一路上，一定吃了不少苦。风送一程，鸟送一程，雨也会送它们一程吧。你从小在乡下长大，你懂它们。

垂丝海棠开得最是天真，照见赤子之心。那些小花朵头挨头，肩并肩，仿若一群小稚童，坐在树上，好奇地打量着这个世界，清澈的双眸里，映着明净的天空和云朵。

人家的花坛里，不知何时落下的一棵香菜，也顶着满头的碎花了，素净的白。月季、虞美人、二月兰、鸢尾也都争相开了花，无一不用尽热烈。紫玉兰的花，是要仰着头看的。它们开放在枝头，活像一群紫色的小鸽子蹲在那儿，叽叽咕咕，叽叽咕咕，在说着春天的情话。

唉，美啊！你也只能很俗地这么感叹。因为你词穷了。春天最让人词穷。

何止是词穷！春天还让人手足无措，心里蓄着无数想说的话，却又说不出。美得太泛滥了！太铺张了！太不可思议了！好比你本住在穷乡僻壤，守着茅屋清贫度日。谁知一夕间，你竟坐拥锦绣无数，完全跟做梦似的，如何吃得消！

杜甫写春天，一提笔就直抒胸臆，"江上被花恼不彻，无处告诉只颠狂"。想他堂堂一个大男人，也吃不消春天的好了。花开得那等烂漫，叫他欢喜得着了恼。身边却无人与他分享，怎生消受！他后来又写道，"报答春光知有处，应须美酒送生涯"，你立即把他引为知己。真想携了酒去，与他花下对酌。他是被花恼，你是被春恼啊。

一只小猫，不过两三个月大小，走路还有点蹒跚。它从围墙的铁栅栏里钻出来，铁栅栏那边，迎春花大捧大捧地开着。小猫看见人，不害怕，主动跑来跟你亲近，仰着小脸蛋，喵喵叫着跟你打招呼。你蹲下身抚摸它，它很信任地躺下来，任由你抚摸。生命的最初，是一个春天来相见，不设防。

两个稚童，在一棵花树下玩耍。冬寒去了，他们很像刚钻出土的小草，小胳膊小腿的，灵动活泼。他们在玩一辆小童车，这个坐上面，那个牵着走。过一会儿，他们互换一下位置，那个坐上面，这个牵着走。就这么玩着，没完没了，却兴致不减。

有意思吗？你或许觉得无聊。可在小孩的眼里，没有一桩事，不是庄严而有意思的。没有一个时刻，不是庄严而有意思的。你突然的，好想变成他们，那么无忧无虑地玩耍一回，任暖风吹过，任花瓣落在身上。

一对老夫妇迎面而来。老先生的脚一拖一拖的，明显走路不稳当。老妇人牵着他的手，一步一步，慢慢走在他身边。他们的步调，惊人的一致。你站到路边，目送他们。他们走过一棵花树去，再走过一棵花树去。春天的阳光，晃花人的眼。

清　供

世之拥有，原都是此一时彼一时的。既然没有永久，又何必贪着永久？得，我不大喜；失，我亦不大悲。从容相待，便好。

　　春日里，宜清供的草木实在多。一枝连翘可使得；一枝海棠可使得；一枝菜花可使得；就算插枝柳，也是好的。一枝，也就够了。多了，就芜杂了，减损了那清供之味。我看野地里的蒲公英开得又多又好，实在没忍住，挖了一棵回来，装一只瓦盆子里长，竟也是欣欣向荣的，十分的妥帖。

　　书架上，也不放多余的杂物，就把瓦盆搁那上头。它与一排书为邻，里面趴着一朵黄，笑得羞涩。隔一天，又冒出一朵黄来，花瓣儿似小嘴一般张开着，很兴奋的样子。我疑心它在轻轻唱着歌，无词无曲，只哼哼着唱。像我妈在地里劳作，无人时，偷偷哼起来的歌，也是无词无曲的，她哼给自己听。

　　乡间的一切，都是会唱歌的。我倾听着，越发觉得瓦盆子里有歌声逸出。我也想哼唱了。我看着它，心里面高兴，也说不清的，就是高兴。一屋子都有春光流转，清简，且静。我感觉灵魂里有只小鸟，在扑扇着翅膀。

书房里还摆着一只石瓶，是朋友钱校送我的。钱校是个简单温润的人，喜收藏。一得空了，他就钻进古玩市场，总不会空手而归。这只石瓶就是他从古玩市场淘得的，明清时的古董，跟了他十多年了。青石上面，斜卧着一枝牡丹，一朵盛开，一朵含苞，花叶丰厚，雕工精致。他初见我，便觉得这瓶子与我极配，执意送我。他说，插一枝梅花，刚刚好。

我没有插梅花，也不插别的。我在里面供养空气、天光和宁静。我在书桌前做着事，看书、写作，或是画画儿，一抬头，就与它相见了。我总要发发幽思，从前，都有谁曾拥有过它？摆在案几上，春天插桃，夏天插荷，秋天插菊，冬天插梅。清水与共，慰了多少从容不迫的光阴。几百年后，它竟辗转来到我身边。我知道，它也不过只能伴我一程，他年，它又将流向他方，成为他人的清供。世之拥有，原都是此一时彼一时的。既然没有永久，又何必贪着永久？得，我不大喜；失，我亦不大悲。从容相待，便好。

从前读《红楼梦》，对薛宝钗不喜，以为她工于心计，圆滑世故。如今再读，却读出她的清明简洁，心容旷朗。你且从贾母的眼里看她，"及进了房屋，雪洞一般，一色玩器全无，案上只有一个土定瓶中供着数枝菊花，并两部书，茶奁茶杯而已"。多洒脱的一个好姑娘，有雅士之风。

也极喜人家门楣上书"室雅人和"这四个字。觉得好，顶好不过。站在这样的人家门前，脚步自觉放轻了，人自觉安静起来。如果推门进去，刚好看到室内的摆设，亦是清爽明净的。沙发椅子，都是木头的。靠墙是一排书架。案几上也无多物，左不过搁着一只笔筒，外加一只瓷瓶。瓷瓶里斜插几朵花，不蔓不枝。主人看的书，翻到一页，随意搁在沙发上。一切都尽着素朴，又在那素朴里，开出雅致的花来。再看这一家人，待人接物都和和气气的，神情举止里，自带光芒。这样的雅室，供养出的心灵，必是干净的，有碧玉之光。

时光小屋

四季在它的屋顶上憩息、奔跑和欢唱，它则在我的时光里憩息、奔跑和欢唱。我看到了这个尘世里，最最打动人心的东西，那个东西，叫活着。一日一日，有声有色。

我叫它时光小屋。

那间小屋，粉墙、青瓦、低矮，茕茕而立。在一条河的南岸，在一片高楼的背后。

我刚搬来小区的时候，就发现了它。站在我居住的七楼厨房窗口，视线稍稍拉远，落下，刚好把它收进我的眼底。

它在那里待多久了？不知。城市搞整体规划建设时，它竟没有被拆迁掉。这让我对屋主人充满好奇，他该多爱他的小屋，才最终使它得以保留。

每天看它，成了习惯。我进厨房做饭时，或在厨房洗碗时，一抬头，也不用搜寻，目光不由分说就直奔了过去。它肯定在。从高楼与高楼的缝隙间看过去，它像嵌着的一幅画。有时是水墨画，有时是水粉画，更多的时候，它像油画，斑斓得很。

春天，它的屋顶上插满了花朵，腾起一团团紫色的烟雾。我猜那是紫藤。到初夏，屋顶上又爬满粉红色的花。我几乎可以肯定地说，那是蔷薇。这时节，唯有蔷薇，才能撑起一片温情、柔软和馨香。

盛夏的时候，绿给它披上了长袍子，它变成一幢绿绿的小房子，是青翠蓬勃的绿，是水波潋滟的绿。有黄花朵闪耀在其中，应该是丝瓜花了。谁会住在这样的小房子里呢？我想象着，该是精灵一样的人。

秋天，它的屋顶上，镶满了红叶子黄叶子，一副宝石金钗插满头的样子，华丽得有些过分。我看它，老感觉它在欢庆着什么，载歌载舞的。秋风吹过，也不觉得荒凉，也不觉得肃杀，反倒带着深情厚谊。

到冬天，它也才裸露出它本来的样子，粉墙、青瓦、低矮，茕茕而立。可是，很快一场雪至。早晨起床再看它，天哪，它变成了一座白色宫殿！像从童话里跑出来的，顶着一头一身的雪白晶莹。

我一次次遏制住想走近它的冲动，不要去打扰它。就把它当作自然生长着的一棵树，一棵草，或是一朵花吧，在距离之外，如此远望着，想象着，就很好了。四季在它的屋顶上憩息、奔跑和欢唱，它则在我的时光里憩息、奔跑和欢唱。我看到了这个尘世里，最最打动人心的东西，那个东西，叫活着。一日一日，有声有色。

风知道

受伤了，不妨去风里走走。

风知道一个人的疼痛，有多深。

眼泪掉进风里面。

风默默接纳、倾听，并一一替你拭干。

一

长得好好的文竹，一些日子后，竟莫名其妙枯死。

我试过一盆，又试过一盆，均是如此。

我百思不解，去请教花农。

花农扫一眼我枯死的文竹，说，它不是缺水，也不是缺肥，它是缺风了。

缺风？

我怔住。这新鲜的说法，我还是第一次听到。

花农解释，你一定是把它放在了室内，很少通风，它是被闷死的。

哦。我看到他的小屋门前，一盆盆凤仙花，在风中盛开着，精神抖擞，喜笑颜开。

万物生长，都离不开风的。这个常识，却被我们天长日久地忽略着。

二

我站在一座桥上，等风。

夏天的夜晚，风捎来太多的好意，草木的清香、露珠的清凉、虫子们的欢唱，还有，幽深幽深的静谧。

多年前，我还是个小小的女孩时，住在乡下。每个夏天的夜晚，我们早早搬出纳凉用的凳子，坐在外面，等风来。

我们在门口的晒场上等风。晒场边上，长南瓜、丝瓜、向日葵，还长青椒和茄子。不远处，稻田里的水稻们，已纷纷扬扬开着粉色的碎花。蛙们齐齐演奏，如吹萨克斯。

风来，步子迈得碎碎的。摇落一些花朵、露珠，伴着虫子的叫声，轻且温柔。

乡人们手把蒲扇，眼望着繁星密布的夜空，有一搭没一搭地扇着扇子，聊着天。风拂过他们黝黑的脸庞、胳膊和腿，他们很感激地轻叹一声，多好的风啊。白天再多的劳累和不堪，也被那样的风抚平了。人与人之间，即便有过芥蒂，也都能原谅了。

夜过半，他们满足地拍拍被风吹凉的身子，道声别，各回各的家去睡。一阵风，也跟着他们走进屋子去。

真怀念那样的夏夜，风自在，人安好，岁月不惊。

三

我把从海南带回的一只贝壳风铃，挂在屋门口。

一阵风来，风铃发出欢快的鸣唱。

我出门时，它在欢唱。我进门时，它在欢唱。

风不停，它的歌声就不会停。

我走过它身边，会自觉不自觉地抬头看看它，看着看着，就微笑起来。那日的沙滩、海浪、椰子树，和邂逅的陌生人，一一涌现。

没有谁的记忆，比风的记忆更长久。我们以为过去发生的许多事，过去就过去了，了无痕迹。其实，风都给细细收着呢。

受伤了，不妨去风里走走。

风知道一个人的疼痛，有多深。

眼泪掉进风里面。

风默默接纳、倾听，并一一替你拭干。

哦，只要天不塌下来，就没什么大不了的。在风里静静待一会儿吧，哭一哭，就好了。

风同样知道一座山、一块石头、一堵墙、一幢老房子的秘密。

我们说，是时间削平了所有。我们在"消失"面前，惆怅、悲伤，不能自已。

这个时候，风躲在一旁窃笑。哦，这世上，哪里有真正的消失呢？所有的秘密，悉数被它带走了。

风最后也会把我们带走。

我们从风里来，最终，都将回到风里去。

四

季节的秘密，瞒不过风。

春天，哪棵小草先发芽，风知道。秋天，哪片树叶要凋落，风知道。

风唤来雪花的时候，是很冷的冬天了。

风送走最后一朵蔷薇的时候，夏天的蛙和蝉，开始断续地叫起来。

风知道一座山的前身是什么。风知道一条河流，为什么瘦了。

风知道什么样的鸟，会唱什么样的歌。

风知道天空中的哪弯彩虹，藏在了雨的后面。

风把一粒种子，从一个地方带到另一个地方。风把岁月，从远古的洪荒年代，带到今天，且带向无限去。

岁月再久，哪里久得过风？

世界再大，哪里大得过风？

在遥远的莫尔道嘎，我对着一丛野玫瑰发愣。山坡上放牛的妇人笑着对我说，只等南风一吹，这野玫瑰就全开了，可好看呢。

在人迹罕至的荒野河畔，我遇到故乡的苇和蒲，还有枸杞和刺儿草。几千里之外，它们惹得我的眼睛，一阵阵发热。

风轻轻走过它们身边，不动声色。

云　踪

> 有时命运如岩缝里的草，你没有退路，必须
> 挣脱出来，才能看到天光云影，迎来日朗风轻。

　　一直喜欢听陈悦演绎的音乐作品。近些年来，她越发历练成精了，只要是她演奏的曲子，我不用看说明介绍，一听，就知是她的。一管箫或一支笛子在手，世间的悲欢离合爱恨情仇，便都在她的音符里翻飞。青衫素花，道阻且长，上下求索，人世间种种的追寻、探问、相聚和别离，九曲回肠，直逼你心灵最隐蔽处。所以，听她的曲子，容易中毒，又极安魂。

　　比如，她的《云踪》，笛子演奏的，钢琴作为底子。

　　曲子开头的一段钢琴铺垫，就不同寻常。如天光开启，如山泉溢出，如小鸟轻振羽翼。随后，陈悦的笛声响起，几乎没有丝毫犹豫，一下子就是风起云涌，波涛澎湃，感觉很突兀。我记得我初次听到，是在回家的路上。那是一个冬日，天边的云霞们在道着晚安，已是暮色四起了。这首曲子，从路边的一家卖水果的

小店里飘出。水果店胖胖的老板娘，裹在一圈儿橘色的暮光里。当陈悦抚笛而歌时，再看那老板娘，与往日竟有着大大的不同，似乎举手投足间，都有着云的影子在飘荡。我当即怔在那里，有些发蒙，不知道哪里被狠狠撞了一下，有些莫名的感觉。觉得忧伤，又有着疼痛的欢娱。

云有踪吗？当然有。世事万物，都各有其来处和去处，只不过我们身处其中，常觉茫然。到底人过于渺小，这世界，太大了。

乐曲似一只大鸟在飞。它飞过连绵的山，飞过辽阔的草原，飞过茫茫的戈壁滩，前尘过往，皆无影踪，不可追。它却执着地要寻，要问，生有何欢，死有何惧？四周寂寞，无有回应。只有天上的云，投射下一抹淡的影。

宋人刘镇笔下的那个不知名姓的女子，独立于冷水桥畔，于疏风淡月中，备尝相思。"白头空负雪边春，着意问春春不语"——一年春色又起，她却相思白了头。情意虚掷，"流水行云无觅处"，怎不叫人伤感！自古多情总被无情误，情路之上，有多少人能善始善终？云聚云散，原都有定数。然却前赴后继，义无反顾。或许，这就是人世间的爱情吧。虽是粉身碎骨白头空负，但我愿意！

这曲又似白发的老人，独坐太阳底下，不争不恼，不怒不悲，如老僧禅定。他脸上的皱纹里，息着阳光的碎影。一生奔波，浮浮沉沉，喜怒欢悲，尽数收起了，他终能淡定地坐看云起时。岁月最终教会我们的，是自己跟自己握手言欢。

朋友小巫，年轻时因迷恋音乐，学业未满，就一个人跑去深圳，抱着一把破吉他，四处去兜售他的音乐。最彷徨无助的时候，他的口袋里只剩下几枚硬币，吃饭睡觉都成问题。他用最后一枚硬币，换了一个馒头吃。然后，跟着天上的一片云走，云走到哪里，他就走到哪里。最后，云把他带到一个建筑工地上，他在那里搬了两个月的砖，晒脱掉一层皮。后来他事业有成，回忆起这段经历时说，真感谢那片云。有时命运如岩缝里的草，你没有退路，必须挣脱出来，才能看到天光云影，迎来日朗风轻。

他的经历，让我渐渐养成了一个习惯，喜欢不时抬头看天，看看天上的云，又走到哪里了。有一个夜晚，我又抬头看天，却没有看到一丝云。那些云，跑去哪里了？我犯了倔脾气，非要等到它们出来不可，就站着傻等。后来，月亮升起来，云突然全都跑出来，簇拥在月亮身旁，做了月亮的温床。

那一晚，我待在露天里，很久。直到月亮，被云朵抱回家去。这样的记忆，每次回味起来，都很有意思。他年若是有幸，我将择一乡间小屋而居，门前长花，屋顶上养云。

一碗水的字

"日成一事，厚积薄发。"老人家欣然挥毫，在我递给他的宣纸上，写下了这八个字赠我。

我把一个吃剩的红薯，埋到花盆里。花盆里原先长着仙客来，满满一盆红花，很是繁茂了一阵子。花萎了，花盆便空落下来。现在，一个红薯住进去了。

红薯很是欢快地在里面生长起来。它每天很认真地爆出几枚新芽，像个勤快的农夫，管着他的一亩三分地，兢兢业业。紫色的茎，渐渐成形；描着紫色血管的小叶片，亦渐渐成形。我每日里去看它，都看到它的变化：茎长高了，长粗了；叶片儿伸展开来，变圆润了。生命的生长，原是这样一点一点积攒着的，每天生长一点儿，每天都不懈怠。终有一天，它将捧出一盆的青绿。

世上之事，哪一样不是如此积累，方才拥有蓊郁葱茏？

认识一个老书法家，八十多岁了，可样子看上去，一点也不像八十多岁的老人。他家住六楼，六层的楼梯，他能一口气爬上去，不带气喘的。他每天这么锻炼着，上上下下，来来回回十几趟。他对我伸伸胳膊，晃一晃，如孩童般淘气着，说，我这劲道可大着呢，你跟我掰手腕，可不一定掰得过我哟。说话的声音中气十足，洪亮得像镶着金属片。眼神儿亦没有丝毫混浊，而是亮亮的，精神饱满得让年轻人也自愧弗如。

我是在一个文艺作品颁奖会上遇到他的。他的书法作品，获得了唯一一个特等奖。他书写的是王勃的绝句"落霞与孤鹜齐飞，秋水共长天一色"，尺幅之间，笔墨有着喷涌之势，力道遒劲，又疏朗俊逸，给人山长水阔之感。即便我这个外行看着，也觉得好。以为他定是从小就练这个的。谁知他哈哈一笑，掰着手指头让我猜。我猜了几次，全是错的。他狡黠地冲我眨眨眼睛，说，我是七十岁以后，才重做小学生的。

七十岁之前，他的人生都是一笔糊涂账，随波逐流，得过且过，平平静静，无有起落。跨过七十岁的门槛，他恍然而惊，不行啊，我这样子活着，什么也没留下，到死也闭不上眼睛啊。又因老来无所事事，时光变得空空荡荡。他不想再这样下去，他怕自己会患上老年痴呆症。他要找点事做，于是，他想到了练字。

起初，听说他要练字，儿女们只当是笑话，劝他，您都七老八十的人了，瞎折腾什么呢，您就负责吃吃喝喝玩玩，不是很好吗？他听了，越发倔强起来，他可不想被他们当作"老废物"。

从决定开始练字，到字在纸上成型，他用了五年的时间。那五年里，他每天必做的一件事，就是写满一碗水。他用笔蘸水，在水写布上写，一横一竖一点一撇一捺，慢慢练着。一碗水的字写完了，这一天对他来说，才算完满。

我是从一碗水起步的，他哈哈笑起来。现在，他每天必临摹一百个大字。"日成一事，厚积薄发。"老人家欣然挥毫，在我递给他的宣纸上，写下了这八个字赠我。

洁净的光芒

> 树们安静的样子，让我想去一一拥抱它们。
> 灵魂简单清洁的模样，就是这般的吧，只认真地
> 做一棵树，按一棵树的样子生长。

梭罗说，每一个早晨，都是一个愉快的邀请，使得我的生活跟大自然同样简单。

想着他这句话的时候，我已起床，换上轻便的衣装，出门。我不想辜负了森林的早晨，那愉快的邀请。

清晨的林中，没有风。所有的树木，都安静着。连小小一片树叶子，都不擅自舞动。

静的力量，有时比喧哗更显巨大，明明座无虚席，却似空旷无一人。

这样的静，很合我心意。我本就是个不爱说话的人，在能沉默的时候，我坚决不会开口。我以为，人生的很多好光阴，被淹没在废话里，很可惜的。

我在林中走着，尽量放轻脚步。我怕惊扰了那些树们，我也

怕惊扰了我自己。

树们安静的样子，让我想去一一拥抱它们。灵魂简单清洁的模样，就是这般的吧，只认真地做一棵树，按一棵树的样子生长。

还有，那些鸟们。

我也怕惊扰了它们的歌声。鸟的歌声，有着穿透人心的宁静。大凡天真的事物，都有这般魔力。鸟是天真的。

森林是鸟的天堂。这个黄海森林亦不例外。在这里，鸟的种类，多达二百四十种。

大白天里，却难得见到它们的身影。它们或许是在森林深处，又或许飞去更远的地方。往东，就是一望无际的滩涂和大海。天高任鸟飞，对鸟们来说，飞翔是它们一生为之奋斗不懈的事。

清晨，这些鸟们刚刚睡醒，尚未出门。它们用歌声开始它们新的一天。唧唧唧，啾啾啾，稚语欢笑，响成一片，树顶上仿佛开着幼稚园。我能想象，它们一边梳洗着羽毛，一边歌唱；一边吃着早点，一边歌唱。它们对着清新的万物歌唱；对着薄薄的晨雾歌唱。没有一只鸟儿，不是属于歌的。

它们又似在热烈讨论着，今天要飞往哪里去，沿途会遇见什么样的新鲜事。它们会遇见什么新鲜事呢？会看到一朵蒲公英，在小河边静悄悄地开了；会遇到牛，在树林里安详地吃着草；会看到彩色的蜘蛛，在一座桥的桥栏上搭窝；会看到一丛小野菊，伏在桥的那头凝望；会看到滩涂上盐蒿的脖子，被秋给染红了；还会遇到赶海的人，他们背着背篓，走向海里去，背影越来越小，越来越小，最后，小到成了一只只鸟。海天一色。

太阳出来了，从森林的东方，从海的那一边。瞬间，一个天地，仿佛启开了无数瓶香槟酒，橘色的泡沫四处飞溅。庆贺吧，庆贺吧，新的一天开始了！这时候，每一棵树看上去，都有着洁净的光芒，像极了一个精神明亮的人。

跟着一朵阳光走

阳光照强大也照弱小，阳光善待每一个生命。我们要做的，唯有不辜负，不辜负这朵阳光，不辜负这场生命。

那日，我正收拾书桌，突然看到一朵阳光，爬到我的书上。一朵小花似的，喜眉喜眼地开着。又像一只小白猫，蹑手蹑脚地走着。

我晃晃书页，它便轻轻动了动，一歪头，跳到桌旁的一盆水仙上。在水仙的脸上，调皮地抹上一层薄粉。后来，它又跳到窗台上，跳到门前的一棵树上。树光秃秃的，冬天还没真正过去，这朵阳光却不介意，它在赤条条的树枝上蹦蹦跳跳。它知道，用不了多久，那里会重新长出叶来。那时，春天也就来了。

我的脚步不由自主地跟过去，我要跟着一朵阳光走。

阳光跑到屋旁的一堆碎砖上。碎砖是一户人家装修房子留下来的，被大家当成了晒台。有时上面晾着拖把，有时上面晒着鞋子。隔壁的陈奶奶把洗净的雪里蕻晾在上面，说是要腌咸菜。她半是骄傲半是幸福地说，她在省城里的儿媳妇，特别爱吃她腌的咸菜。

阳光在砖堆上留下了它的热，它的暖。它又跳到一小片菜地上。小菜地瘦瘦长长的，挨着一条小径。原先是块荒地，里面胡乱长些杂草，夏天蚊虫多，经过这里的人都速速走开，一脸漠然。后来，不知谁把它开垦出来，这个在里面栽点葱，那个在里面种点菜。还有人在里面栽了一株海棠。阳光晴好的天，海棠花开了，一朵一朵，红宝石似的，望过去特别漂亮。大家有事没事，都爱凑到这儿，看看葱，看看菜，赏赏花，彼此说些闲话。

谁也不曾留意，阳光已悄悄地，跳到了人的心里面。

现在，这朵阳光继续着它的行程。它走到一片绿化带上。绿化带上有树，有草，也有花。草枯了，花谢了，不过不要紧的，它会唤醒它们。我似乎听到它的耳语：生命还会重来，美好就在前面等着。

人是怀抱着希望在这个世上行走的，植物们何尝不是呢？

树是栾树，叶掉了，枝上留着一撮一撮干枯了的果。我伸手够一串，剥开，里面黑黑的珠子跳出来，和这朵阳光热烈拥抱。我想起有关栾树的记载，说是寺庙多有栽种，用它们的果粒来穿佛珠。

尘世万物，本就存了佛心的。

一只小鸟，在路边的草地里跳跃。它的嘴巴尖尖的，长长的，一身斑斓的毛。奇的是，它的头上，长了两只小小的角。我不识这是什么鸟，但这无关它的欢喜安乐。它的头，灵活地东转西转，东张西望，仿佛初来乍到，对周遭的一切好奇极了。

这朵阳光，跳到小鸟的脚边。小鸟一定感觉到了，它低下头去啄食，一上一下，一上一下，怎么啄也啄不完。天空高远，草地温暖。

　　我微笑起来，干脆在路边坐下来，看小鸟，看阳光。阳光照强大也照弱小，阳光善待每一个生命。我们要做的，唯有不辜负，不辜负这朵阳光，不辜负这场生命。

水里面的黄昏

回忆里，最刻骨铭心的事，竟都是关乎吃的。想想，既心酸，又感动。活着最真实最生动的地方，原来是在这低低的烟火中的。

我遇到了黄昏，一个水里面的黄昏。

那会儿，我已穿过一个杉树林，又穿过一个杨树林，到了一片竹林里。

竹林傍着一条河。河呈东西走向，与一条南北支流，在这里汇合，它们亲密地搂抱成一个较大的河湾。河湾边多苇和茅，也有树。苇花褐黄，茅花雪白，前者慈眉善目，后者娴静温婉，都是好人家的模样。树们长得茂密，像河湾天然的屏障。有一两棵看上去特别高大，如站在城墙上的卫士，长矛长戟地武装着。它们在那儿好些年了吧？秋风吹过几回，树上的叶落去不少，枝条看上去却并不萧条，反倒有疏朗之意。像是作画时，有意留了白。

我采了一把小野花。还摘了几颗野草莓。几个妇人在竹林里挖野蒜。野蒜味儿重，风轻轻一吹，就浓浓烈烈地铺洒开来。

我走过去，站边上看，我说，这是野蒜呀。她们笑着回道，是啊，这是野蒜呀。

回家炖肉吃呀，她们互相说笑。

好些年没见过这样的野味了。小时候，去荒地里割猪草，挖一把野蒜带回。我奶奶洗洗切切，跟小鱼一起，放饭锅上蒸。那就是我们无限向往的美味了。野蒜炒鸡蛋也好吃。野蒜炖咸肉，那是美味中的美味了。只是那个年代，咸肉很少见，偶尔吃上一次，会快乐很多天。

回忆里，最刻骨铭心的事，竟都是关乎吃的。想想，既心酸，又感动。活着最真实最生动的地方，原来是在这低低的烟火中的。

我看了会儿妇人挖野蒜，又观看了一只蜘蛛织网。我一直微笑着，体会到一种发自内心的幸福。就像梭罗说的，每个毛孔都浸润着喜悦。

然后，一个黄昏向我走来。

起初也不曾有多注意。黄昏嘛，哪一天都有的。我照旧散我的步，看夕阳忙着在竹林里穿针引线，给竹们穿上金缕衣。天地万物，最慷慨莫过于夕阳，每一次告别，它总要把最后一丝光最后一分暖，留给这世界。

我走到了河边。我不经意地往河里看去，惊得差点跳起来！一河的颜料，一河的斑斓！一河的！黄昏走到了水里面。

水燃烧起来了！火红的晚霞，在水里面跳舞。仿佛无数条红鲤鱼在游，它们摇头摆尾，活蹦乱跳。

河岸边的草木，都披上了霓裳，光华灼灼。它们一齐朝着水里面走来，来跟黄昏相会。天地间，好似走着一支迎亲队伍。是

《诗经》年代的那场贵族婚礼吗？"之子于归，百两御之"，场面可真是够浩大够奢华的。终于，它们与黄昏在水里面相会了。大红灯笼挂起来，锣鼓喧天，鞭炮齐鸣，一场盛大的婚礼，热热闹闹地在水里面举行了！

　　这个时候，我，一个偶然路过的观众，除了热泪双流，实在没有别的事好做。

蝉先生

> 我时常长久地站在窗口,只为望天上的云,看它们在做着怎样迷人的变幻;望楼下的树,举着怎样的新绿,绽放出怎样的花朵。

一只蝉突然来访。我想,它一定是思量了很久,又抱了无畏的勇气的。

人类戕害它们的事,它一定也听过不少。我有次路过一个林子,看到所有树干上,都粘着白白的胶带。问做什么用的,答曰,捉知了的。刚从土里面钻出来的幼蝉,如同婴儿初临尘世,完完全全一派懵懂天真。它们哪里知道尘世里有陷阱。它们看到树,就快乐地爬过去,沿着树干,向上,向上,它们要到树顶上欢唱。于是结局很悲惨,它们被胶带给粘在一起了。我似乎看到那些蝉,在做无谓的挣扎。它们至死也不明白,它们在地下的黑暗里蛰伏了三五载,都安然无恙,怎么一见天日,反倒要丢了性命呢!

赴宴,主人盛情,端上一道"油炸金蝉",盘子里一堆儿金黄,闪着油光。我心恻然,那里面的每一只,都曾放声歌唱,唱生命中的新绿和花开。主人见我迟迟不动筷，便劝吃，好吃呀，高蛋白呀。我拒绝吃，连同那一顿饭。

现在，这只蝉居然从我大开的窗户里进来了。它本想敲门，像一个真正的绅士一样，一定是这样的。它要做到彬彬有礼，它怕它的唐突，会惊吓到我。

你不要以为人类才是强大的。人类可以主宰一切，包括，轻易就能捉住一只蝉。在蝉的眼里，或许根本不是这回事。蝉的眼里，人类好脆弱，人类只会欺负比自己更弱小的。更可笑的是，人类明明没有翅膀，还整天想着要飞翔。

这只蝉，不，我该叫它蝉先生，它该是住在我楼下的一棵紫薇树上。哦，也不一定，楼下还有栾树、桂花树和广玉兰的。我记得昨日黄昏出门，路过那些树旁，听到蝉们在合奏。一声长，一声短。它们使的是什么乐器，不大说得好，是它们特制的吧。我猜着，应该像口哨一类的。音节也不多，就在"4"或"5"上，一个音节拉很长，"发——""嗦——"，在空中没有丁点儿转弯，就那么直直地，一径往云端里去了。我憋住气，想跟它们比赛下，结果我败了。我至多憋个二十来秒钟，它们却能"嗦——"上好几分钟。这是长调。它们也有短曲，如"吱吱吱、吱吱吱"，有时叫一声，顿两顿，似在等待听众反应。很短促，却很有气势，满树的绿叶子，都为之震颤了。你简直能想象它们那得意样，是把夏天握在手中的气概。

夏天可以说是它们的夏天。记忆里，乡下的夏天，是淹没在蝉声和蛙声里的。我该代我的童年小伙伴向这位蝉先生致歉，少不更事的年纪，我们没少对它们的家族做过坏事。那时，我们好像都有着金刚不坏之身，太阳越是毒，越是要往外面跑，下河摸鱼摸虾摸螺蛳，上树掏鸟窝捉知了。我们还专门弄了个网罩，用竹竿扛着，浩浩荡荡地去捉它们。想想真不该！

晚上纳凉，它们也不肯将息，伏在屋后的竹林里，把一片竹林鼓噪得沸反盈天。它们一唱长调，我奶奶就瞟一眼天空，慢摇着蒲扇说，明天的天，又该更热了，知了都在叫，热煞啦热煞啦。我们笑，仔细聆听，果真像在叫热煞啦热煞啦。

它们的歌唱，现在也不大有人留意听了。天一热，人类就躲进空调间，把自己封闭得严严实实。再说，人类要忙的事多着呢，一部手机在手，就能消耗掉人类大半的生命。

这位蝉先生是不是观察我很久了呢？它从浓密的树叶间，从团团的碎锦一样的紫薇花丛中，一抬头就能看到我。我时常长久地站在窗口，只为望天上的云，看它们在做着怎样迷人的变幻；望楼下的树，举着怎样的新绿，绽放出怎样的花朵。蝉先生和它的伙伴们，日日与我做着邻居，对我这个人类一定充满好奇，看我似乎还算良善，遂有了拜访的意愿，也就推了它作为代表来访。

我屋里多的是书，沙发上、桌上、床上，到处都是，更不要说满墙的书架了。另外占据地方最多的，就是一些盆盆罐罐花花草草。我的日常生活简单，也就是看看书、养养花、种种草之类的。蝉先生在我屋内巡视一通，颇有些失望了吧。我似乎听到它从鼻孔里哼出一声，是大不以为然了，本以为人类的生活有多好玩多有趣，却不过尔尔。

我很想蝉先生到我的书里面去坐坐，看看古人们是怎么写它们的。如曹植写有《蝉赋》，淋漓尽致地刻画出它们的资质之美和高洁的品质。开篇就是"唯夫蝉之清素兮"这一句，不知蝉先生看到"清素"二字，会不会要感动。原来，人类曾如此爱慕过它们。再看看唐代女诗人薛涛写它们的："露涤清音远，风吹数叶齐。"这个有些挑剔的女诗人，对它们，亦是不吝赞美之词。

蝉先生对这个好像兴趣不大。它径自扑向窗台上的一盆多肉植物，那是一盆玫瑰莲，这个夏天，它长得特别旺盛，像一朵硕大的玫瑰花在开着。蝉先生低俯在那里，似对玫瑰莲悄语了什么，随后，它振振翅飞走了。我目送它越过窗台，越过一棵栾树，最后没进紫薇花丛中。

我很忐忑，它回去该如何向它的同伴们介绍我呢？幸好我是良善的，生活还算单纯洁净，对它的来访，亦表现得相当友好，丝毫没有做出伤害它的举动。这多少会扭转它们对人类的看法吧。

两头牛的故事

那些时光，真是缓慢，野菊花在悄悄开，枸杞子在慢慢染上红。天空瓦蓝，山川河流，宁静成亘古的模样。

这是关于一头公牛和一头母牛的故事。

两头牛打小就生活在一起。无数次花开花落，春去春又回，它们吃在一起，睡在一起，走在一起，玩在一起。它们一起犁田、耙地，一起去沟边渠畔吃草。那些时光，真是缓慢，野菊花在悄悄开，枸杞子在慢慢染上红。天空瓦蓝，山川河流，宁静成亘古的模样。

这是属于两头牛的时光，它们慢慢咀嚼着，无忧无虑。日头还高，清风和煦，庄稼稠密。

可是，光阴的脚步，两头牛是拦不住的。它不知不觉，就从两头牛的身上滑了过去。天黑了，光阴老了，牛不知。

人看牛的眼光不一样了。老了的牛，再没多大用处了，是被当成废物处理的。它们所能体现的最后价值，就是一身的皮肉。

两头牛被卖给了屠宰场。

　　人是分开宰杀这两头牛的。先宰的那头，是公牛。那是冬天的一个清晨，空气中，布满夜霜的味道，清凉凛冽。公牛被牵了出来，一步一步被牵向屠宰场。它看看身后，不见母牛，它很不安地"哞哞"叫着，似在呼唤。然而缰绳拖着它，它挣脱不了，只得被缰绳拖着走，它不知道等待它的命运是什么。

　　屠宰场越来越近了，人已烧好一大锅洗涮它的热水，冰冷的空气，被那锅热水搅得热气蒸腾。公牛一下子明白过来，它从那团热雾里，看到死亡的影子，冰冷、血腥。它大声"哞哞"叫着，像在抗议。见无人睬它，它变得狂躁起来，上蹿下跳，最后，终于挣脱牵它的人的手，一路狂奔而去，见人顶人，见车顶车，见门撞门。

　　人说，牛疯了。疯了的牛，是被当成魔鬼的。警察全副武装出动了，对这头公牛进行围追堵截。公牛不知，它只拼命向村外跑去，它要告诉母牛，人的真面目。它要与母牛在一起。冲锋枪对准了它，它头部连中五枪，顿时血流如注。然而它并没有减损奔跑的速度，继续狂奔，向着村外，洒一路血痕。

　　村外，有河蜿蜒。河边的小草，披一身温暖的麦秸黄。母牛被人固定在河畔的一段树桩上，它百无聊赖地啃着草。刚刚还狂躁不已的公牛，突然收敛了所有的疯狂，它安静下来，远远地望着母牛，而后，一步一步，缓缓地走了过去，眼睛里，蓄满温情。它唤一声"哞"，母牛惊喜地抬头，回应它一声"哞"。两头牛，终于重逢。它们紧紧依偎到一起，公牛伸出舌头，舔舔母牛的脸，母牛立即回"吻"了它。它们脸贴着脸，似有千言万语，却又无从说起。公牛的眼睛里，慢慢渗出泪珠来，大颗大颗的，莹莹滚动。

太阳升起来了，两头牛相偎的影子，被镀上了一层银光，令围观者动容。有村民替两头牛求情，说，还是留下它们吧。可警察考虑到"疯牛"会带来种种安全隐患，因而这头痴情的公牛，最后还是被射杀了，母牛当即长嚎不已。不久后，母牛也被宰杀了。

两头牛走了，故事却留下了，被风带往很多的地方去了。

一只猫的智慧

这世上，所有的生命，原都各有各的生存智慧和本领。一只猫的智慧，该是轻轻盛放的一朵花，绿绿的一株草，一只飞翔的小虫子，一阵淡拂的清风。这，是灵魂的自由。

朵朵是我捡回的一只猫。

许是有着流浪的经历，它很少有安分的时候。把它留在屋子里，它是不大待得住的，除非它饿了，跑回来讨吃的。

好在我有自己的院落，大门整天洞开着，方便朵朵自由出入。院落外面，是一大块空地。空地上，东家种点瓜，西家种点菜，还有人在里面养花。花是海棠，一年里的大部分时间，海棠都在开着花。红艳艳的，浮霞一般。

朵朵很喜欢这块地，它把那当乐园，在里面打滚，或者在里面奔跑。它跟花捉迷藏，也跟草捉迷藏。它还逗着一些小虫子玩，捉起，放了，再捉，再放，一玩就是大半天。在一只猫的眼睛里，这个世界，全都是好玩的吧。

我有时会站在院门口看它玩。它顺着竹竿爬呀爬，一直爬到竹竿顶端，跟一茎丝瓜藤赛跑。它扑到海棠花上，摇落了海棠花几瓣，它抓住那几瓣海棠，愣是玩了半晌。地里一棵普通得不能再普通的一年蓬，朵朵围着它，竟也玩出百般的趣味来。风吹，一年蓬的草尖尖轻轻摆动，可把朵朵兴奋坏了。它紧张地盯着那摆动的草尖尖，埋下半截身子，蓄势待发。突然，它箭一般地射出它的身子，扑过去，跳上跳下，像骁勇的士兵，独闯沙场。真是羡慕它啊，人的心，早就失了这样的活泼天真，老到得很世故，倒是无趣得很了。

夏天，我在屋门外另加了一道纱门，挡蚊虫苍蝇。这多出的一道门，给朵朵带来了极大困扰。一道门挡着，它要么进不来，要么出不去。它抗议，"喵呜、喵呜"地叫唤，使劲叫唤，以吸引楼上我的注意。我听到了，会下楼来替它开门，放它进来，或放它出去。有时我听不到它叫，或者听到了，我正忙着，就不去搭理它。它很郁闷地独坐在门前，透过纱门，盯着外面的世界。几片落叶，掉进院中来，在院子里的大理石地面上翻卷，朵朵望着很着急。这时我若开门，它准会一跃而起，弹跳出去，搂着地上的落叶打滚，头都来不及抬的。

某天，我出门散步，忘了把朵朵放出来。等我散步归来，竟看到朵朵正在院门口的那片空地里，追扑着一只小虫子，玩得不亦乐乎。我惊奇不已，屋门完好无损地关着，它是怎么出来的？

我留心观察它，很快就发现了玄机。原来，它的小脑袋里，不知什么时候已琢磨出了开门的小点子。它对着关紧的纱门，退后几步，埋下半截身子，像跳高运动员一样，来一段助跑，等跑至门边，整个身子猛地一跃，两前爪向前，扑到纱门上，门就被推开了。

它跑出去，还不忘回头，得意地冲我"喵呜"一声。

这世上，所有的生命，原都各有各的生存智慧和本领。一只猫的智慧，该是轻轻盛放的一朵花，绿绿的一株草，一只飞翔的小虫子，一阵淡拂的清风。这，是灵魂的自由。

第三辑

最美的时光

北方的秋天

仰头望去，可见山峰之上，天蓝云白。衣袖里，灌满清凉的山风。不由得想起张晓风的一句话来："树在，山在，大地在，岁月在，我在，你还要怎样更好的世界？"

我不要了。我只要这一刻与君同在。

在去北方前，印象中秋天的北方，是满目凋零的。事实上，全然不是这样。

就拿沈阳来说，秋高气爽的天，太阳比南方的要烈得多。树也还绿着，花也还在开着，更让人兴奋的，是它的果实累累。好像全世界的果实都跑到这里来了。你去乡下，那路边全是一树一树的果子。你去山坳坳里，那些树上，也是果实缀满头，有苹果、李子、梨，还有桃。真是奇怪，秋天了还能见到桃。山上的野桃，熟透了，表皮自动裂开，能甜死个人。

去青山沟。

一路绕山而行，绕水而行。山不高，仿佛一伸手，就能触摸到山顶。如果说南方的山是多情的女子，体态婀娜，眉眼柔媚，那么，北方的山，就是个敦厚的汉子，浑圆结实，体魄健壮。山上云雾缥缈，阳光穿透雾岚，拉出一条一条亮闪闪的丝线来，在绿树间牵牵绕绕。我疑心它要绣出什么来。北方的朋友说，如果你再晚些日子来，这些叶子都红了，你会看到满山的红叶呢。我笑，并不觉得遗憾，留着一点念想，也好。

北方的水，不似南方的一往情深，却也有它的侠骨柔情。譬如青山湖。水域辽阔，上下长达百余里，两岸青山对出，古木森森，水映着山更青，树更绿，人行其上，人也被染得绿绿的。

青山沟多的是原始植物，盛产野猕猴桃。沿着山路，曲折而上，一路有溪水相伴。植物的清香，扑鼻而来。如果嗅觉更好一些的话，还会闻到果子的香，是山楂、大枣、栗子、野猕猴桃。我们追着导游问，这些野果子，可以随便摘了吃吗？漂亮的导游小姐回眸一笑说，当然可以呀。她拨开树丛，顺便摘了个果子给我，是颗野枣。丢嘴里，酸甜。

有游人骑马上山，嗒嗒的马蹄踢得溪水飞溅。也只一会儿，那马，那人，就掩映到一片绿树中去了，只闻溪流声，哗哗的。仰头望去，可见山峰之上，天蓝云白。衣袖里，灌满清凉的山风。不由得想起张晓风的一句话来："树在，山在，大地在，岁月在，我在，你还要怎样更好的世界？"

我不要了。我只要这一刻与君同在。

走到半山腰，有瀑布白花花的，如一条巨蟒般，从高高的峡谷断层处，蜿蜒而下。当地人在下面立了一个石碑，上书：九曲天水。这很有意思，是从天上而来之水呢。想想这世上万物，又哪一样不是天赐的？

惦记着山下的果子们，果子们安静地躺在山民的篮子里、柳藤筐里。山民们在旁边蹲着，他们身后，一株大丽花，倚着一堵墙，开得率真而热烈。我们围过去，这只篮子里抓几样吃吃，那只筐子里抓几样吃吃，吃南果梨、李子、山核桃。还有一种水果，名儿叫得好奇怪，居然叫"姑娘"，小小的果子，外裹一层胞衣，像躲在深闺里的小女儿，轻易不见生人的。揭开胞衣，方见到里面粉色的"小人儿"，联想到它的名，让人忍不住笑起来，到底是姑娘家，人家害羞呢。

山民们一点儿也不吝啬，拣大个头的拿给我们吃。直吃得我们牙发软，拍拍手，看着那隆起的一堆果壳，问多少钱？回，试吃的，不要钱。哪里好意思？掏钱购买，十块钱买了一大袋。

从北方回来后，我常常会想起那里，想满山的叶，都红得泛滥了吧？还有那一张张朴实憨厚的脸，他们身边的篮子和筐子里，空了没有呢？冬快来了，他们的暖炕，该烧起来了吧。

枫泾虫鸣

> 人是顶顶奇怪的生物，占有欲极强，总喜欢
> 霸占本不属于自己的东西，比如说，争江山。时
> 间会证明给人类看的，江山最后不属于任何人，
> 江山只属于它自己。

江南的古镇，是离不开水的。枫泾古镇也不例外，周围水网密布，河道纵横。窄的地方，两岸树木能握手畅叙；宽的地方，可供十只八只小舟并驾嬉戏。水多，桥必多。说"三步两座桥，一望十条港"有点夸张了，十步一桥，那是差不离的。这里的桥，多达五十二座，或平或拱，或弯或曲，多为石头或青砖垒成，绿苔暗生，树木掩映。它们是古镇的骨架子，把一座古镇千百年的风情，给撑了起来。

市河算是古镇最主要的一条河流，贯穿南北。也有人叫它枫泾河。这个名字听起来更有意蕴，枫树成溪成泾，该多美。枫树我倒没见着几棵，或许有。一棵粗大的合欢树，撑在竹行桥的桥头，枝条俯身下来，几乎要匍匐到桥栏杆上去了。时序已近仲秋，合欢花们还如朝云般，在枝头欢快地开着，载歌载舞。

古镇当年的繁华，应聚集在这条河上。两岸人家的房子，和风雨长廊，都傍河而建。有意思的是，它们不是相向而建，而是这岸的人家面河，那岸的人家枕河。随便挑一处长廊坐下，喝点什么，或什么也不喝，就那么闲闲地望着对岸枕河人家。那真正是铺开的水墨画卷呀，仿佛谁在宣纸上，那么漫不经心地勾勒着。淡几笔，粉墙出来了，浓几笔，黛瓦出来了。然后，骑楼、勾栏、重檐、亭阁，一一都出来了。木格窗半开着，有后门可供出入，层层石级下到河沿，散漫中，透出匠心。植物们也都秀眉秀眼的，铜钱草、太阳花、小朵的海棠、绿萝，或搁在窗台上，或吊挂在墙上。我想起王勃在《滕王阁序》里的描述："披绣闼，俯雕甍。"觉得应用到这里来，也很贴切。眼前之景，虽没有滕王阁那样精美华丽，却也是端丽可人的。这样的地方，适合缓缓看，缓缓归。

　　还是这条河。当年吴、越两国，曾在此河上立界，南归越，北归吴。我穿过界河时，想自己一只脚踩在吴国的领地上，另一只脚已跨到越国的家门口了，我如此轻松地一越，千百年前的人们，不知因此流过多少的血和泪呢！人是顶顶奇怪的生物，占有欲极强，总喜欢霸占本不属于自己的东西，比如说，争江山。时间会证明给人类看的，江山最后不属于任何人，江山只属于它自己。

　　老百姓的日子却是家常的，风雨不动安如山。小巷连着里弄，木门木窗青石板，抬头仰望，是一线天空。昔日的老房子里，生活还是生活，阿婆们就着一方长桶，剥着新收上来的菱角。做芡实糕的女子，裹在一团香雾中。有妇人手指飞速翻转，她的手边，已垒着一堆包好的粽子。有年轻妈妈抱着牙牙学语的小娃，坐在屋檐下，一遍遍教小娃叫，妈，妈。奶声里，就有了一声声，妈，妈。听得人心里软，继而眼睛湿润。再难懂的方言，一声"妈"，却几无分别。裁缝铺里，忙得很，布料子红红绿绿堆着，老裁缝拿着皮尺，在给人量尺寸。有丝瓜花和扁豆花，攀爬在人家屋檐上，安安静静地开着。

晚上，在河边坐定，叫上三五个家常菜，慢慢吃。两岸的红灯笼，倒映在河里，一河的水，都变得妩媚起来。风轻轻吹着，耳边有吴侬软语响着。一时间恍惚，我是来看这灯光的吗？是来看这黛瓦粉墙的吗？是来寻访古桥、寺庙和牌坊的吗？都是，可我似乎还在期待着什么。

八九点的时候，老街上的灯光，一盏一盏熄了。木板门"咔嗒、咔嗒"上了闩。我走在深巷里，只听见我的脚步声在响，星星们亮在头顶上。突然，有虫鸣的声音，传了过来，从那幽暗的里弄深巷处。起初也只是一两声，"喓喓、喓喓"，清脆、空灵。接着声音多起来，"唧唧""吱吱""蝈蝈"，这里，那里，千万只虫子叫起来，共奏一段小夜曲。我循着虫声找去，它们伏在哪片黛瓦上呢，还是躲在哪块青石板下呢？或者，在那一丛扁豆花里，在那一蓬丝瓜花中。抑或是，就在那石槽供养着的铜钱草和晚荷中。

一个古镇，淹没在虫鸣声中。夜，夜得相当纯粹，再无别的声响。

我想养一座山

> 生命的奇迹处处皆有。有时候，你以为你已走到山穷水尽了，其实不然，奇迹就等在下一秒。

去南京参加一个会，有幸入住山中。山的名头很响，叫紫金山，又名钟山。它三峰相连，绵延三十余公里，形似巨龙腾飞，因而自古就有"钟山龙蟠，石城虎踞"之称。

会议结束得早，我有大把时间，可以把山看个究竟。为此，我特地跑去宾馆前台买一双布鞋，换掉脚上的高跟鞋。

我向着紫金山的纵深处去，无目的地，也不担心迷路。我只管跟着一枚绿走，跟着一朵花走，跟着一只虫子走，跟着大山那种清新、幽静又迷人的气息走。

春末夏初，满山的绿，深深浅浅，搭配合宜。你仿佛看到，哪里有只手，正擎着一支巨大的狼毫，蘸着颜料在画，一笔下去，是浅绿加翠绿，再一笔下去，是葱绿加豆绿，间或再来一笔青绿和碧绿。人走进山里去，便立即被众绿淹没。哎呀——你一声惊叫尚未出口，你的心，便已沦陷在这绿中。

这个时候，你愿意俯身就俯身，愿意张嘴就张嘴，愿意深嗅就深嗅。眼里嘴里鼻子里，无一处不是青嫩甜蜜的。浊气尽去，身体轻盈，自我感觉就倍儿奇异起来，觉得自己变成了一朵花、一棵草、一只小粉蝶、一枚背面好似敷着珍珠粉的绿叶子。

倒伏的已枯朽的树木，居然也披上了绿衣裳。我看到它的枝头有新芽爆出，亦有小草们在它身上，兀自茂密成片。我想起曾在某个古镇看到的一处奇观，一棵遭雷劈火烧的银杏树，经年之后，在它枯死之处，竟又长出一棵葱郁的银杏来。

生命的奇迹处处皆有。有时候，你以为你已走到山穷水尽了，其实不然，奇迹就等在下一秒。

我弯腰跟一些小野花打招呼。半坡上，它们在杂草丛中蹦蹦跳跳，浅白的一朵朵，像萝卜花，又形似七里香。真是惭愧，我叫不出它们的名。那也没关系的，我就叫它们山花吧。

有虫子劈面撞我一下，跑到我的眼睛里。是山风调皮了，还是虫子自个儿调皮了？我轻轻拂去那只小虫子，并不生气。这是它们的家和乐园，我才是个入侵者。

鸟的叫声，跟细碎的阳光似的，在树叶间跳跃，晶亮得很。小溪边，迎春花还残留着些许的黄，青枝绿叶之上，那些黄，像闪烁的眼睛，更像心，不肯轻易撤离这春天。

一座木桥，很轻巧地搭在小溪上。桥的这边是流水，桥的那边也是流水。水边迎春花们手臂相缠。一只黑色镶紫边的蝴蝶，翩然飞来，停歇在木桥的栏杆上，不走了。它伏在栏杆上，认真地嗅和吮吸。

我看着它，"扑哧"笑了。想这蝴蝶真是傻，这硬邦邦的木头，有什么好吮吸的！

可我看着看着，就有了冲动，想学它的样子，把脸也凑到栏杆上去，深深地闻一闻。山里的哪根木头上，不浸染着花草的香气，还有水的清冽甜美？蝴蝶才不傻呢，它知道哪里的味道最地道最纯净。

早蛙的叫声，在一丛青青的菖蒲下面。也就那么断续的一两声，像试嗓子似的。满山的绿，因这活泼的一两声，轻轻地抖了抖。天空倾下半个身子来倾听。没有谁知道，天空已偷偷用这大山的绿，洗了一把脸，望上去，又洁净又碧青。

一老人从山上下来，健步如飞。想来他常年在这山上走着，脚上的功夫了得。他走过我身边，笑着看我一眼，只见他眼神清亮，精神矍铄。而后，他远走，身影很快没到一堆绿后头，清风拂波一般。

日头还早，我倚着山，坐下来，幸福地发呆。突然间，我想养一座山，一座小小的山，有树木环绕，有溪水奔流。花草满山随意溜达，它们喜欢哪儿，就在哪儿扎根。还有数不清的虫子，自由出没，互相串门儿玩。还有蝴蝶翩翩然。当然，不能离了鸟叫和蛙鸣。

我们每个人的心中，都可以养上这样一座山的吧，适时地避开车马喧闹世事纷争，还自己些许清宁明澈。

小巷人家

眷恋一个地方，有时只是因眷恋这个地方的美食，和与美食相关的物事，那是生命里最体己最动人的存在。

单先生说，我带你去吃我们合肥的特色小吃，保管你喜欢。

单先生是我到合肥做讲学活动时刚认识的。瘦瘦削削的一个人，不多言语，只埋头做事，却是常微笑的。笑容里，有着很浓的书卷气。

黄昏下的合肥，天空不是很明净，大块的云朵，染着灰。路上飞着尘土，车辆很多，有些拥堵。单先生看一眼，很不好意思地笑，说，下班高峰期呢。

我点头，表示理解。跟着他，穿街过巷，七绕八拐，走到一条热闹的街道上。街道两旁，全是吃食店。锅碗瓢盆叮当作响，菜肴的味道，充塞着每一寸空气，仿佛全世界的烟火都聚了来。以为他要在这里停下来，带我走进一间叫"美味轩"或是"忘不了"的小吃食店去，结果却没有。

他解释，这里是我们的一条美食街，一到晚上，人就特别多。稍顿一顿，他接着说，我带你去的地方，比这里安静。我心里一动，是感动了。难得他如此体贴，知我怕喧闹。

我们继续往前走，渐渐走出了美食街，把一街的烟火抛在身后。行人渐少，房屋安静，五月的蔷薇花，趴在一户人家的铁栅栏上笑，我走过去摘了一朵。单先生站着等我，看看我手里的花，笑说，就快到了。

他带我再走了一段路，就拐进一条不起眼的小巷去。小巷极窄，仅能容俩人错身而过。巷道两旁全是老式民居，高低错落。人家在院子里种花，花探过墙头来，也是蔷薇花，红的、粉的，密匝匝地开着。我突然生出无限欢喜，感觉不像是去吃饭，倒像是去探访多年未曾见过的亲戚。那亲戚亦好安静，隐士一般，住在这陋巷深深处。

然后，就听到单先生说，到了。我抬头，只见一家普通民居，方砖包墙。木门楣上，有绿色植物攀爬。门旁挂着纸灯笼，亮着，红光晕染，古朴幽深。也不见有招牌，正奇怪着，有服务生迎出门来，问清了单先生是两天前就预订好座位的，她很客气地说了声"请"，把我们引到楼上去。

楼上就五六个包间，摆着家用的四方桌，长板凳。墙上也无过多装饰，只挂一幅静物画，画着一只陶罐，旁边随意摆放着苹果和梨，还有碗碟，是家居的模样。窗口处爬着花，走近一看，亦是蔷薇。

单先生释我疑惑，说，这家店没有名字的，但我们这里的人都知道它，都称它小巷人家。

服务生轻手轻脚地推门进来，也不说话，只淡淡笑着，送来大麦茶。饭菜陆续上来，煨得很烂的鸡爪，蒸得很烂的糖南瓜。无一点喧闹嘈杂，只往那静里面静去，又有着说不出的家常味道。花在轻轻放着香，菜在轻轻放着香，人似乎也在轻轻放着香，都好得很的。

　　小店的招牌特色小吃有两样，一样是腊味糍粑，一样是臭鳜鱼。单先生慢声细语劝我多吃，我其实，筷子根本就没停下来。特别是那腊味糍粑做得好，自家腌制的腊肉，慢火细蒸，出油，浸没糍粑，糍粑变得又香又酥。

　　单先生看我吃了一块又一块，很开心，话也多起来。他告诉我，这个小店，开了三十年了。店里只有一个厨师，那个厨师，从开店之初就在这里做，那时他还是个年轻小伙子呢，现在都五十好几了，任别的餐馆出多高的薪水挖他走，他也没有走。

　　我惊讶不已，又隐隐地感动，一跟三十年，这该有多么深的情分。

　　单先生说，这家店的老板，人特别好，厨师不舍得走。生意做的，是人心呢。

　　我在他的这句话上陷入沉思。尘世相交，哪一个不是交心，才得以久长？"小巷人家"身居陋巷，生意却一做三十年。三十年里，他们的腊味糍粑和臭鳜鱼的味道，从未变过。每日里，生意盈门，若不提前预约，是没有座的。老顾客们多日不吃，想念，便又跑了来。有顾客跟着一吃就是几十年。

　　单先生说，他也是打小就喜欢吃这家的腊味糍粑和臭鳜鱼。七八年前，他有过离开合肥，去外地发展的机会，但最终，没去。

若走了，就吃不到这里的腊味糍粑和臭鳜鱼了，单先生轻笑起来。

　　我丝毫不怀疑他的这个理由。眷恋一个地方，有时只是因眷恋这个地方的美食，和与美食相关的物事，那是生命里最体己最动人的存在。我举杯，敬了单先生一杯茶，对他的这种情怀，表示认同和敬重。

新疆行

我陷入莫名的感动中，想着我们正走着的脚下，无数的马走过，无数的骆驼走过，无数的人走过。他们无一例外的，都是为了追寻生命中的高地。那高地，或许是一块赖以安身的草原，或许是一眼能够续命的水源。或许都不是，他们不远千里万里跋涉，只是为了寻找到灵魂里的东西，那种东西，叫信念。

一

新疆第一站，乌鲁木齐。

从我的居住地过去，三千七百多公里，空中飞行约七小时（中途在呼和浩特转了一次机）。一路飞，我就一路想着，若换作从前，乘着牛车或是马车，颠簸而行，我要走到猴年马月？对当下拥有的便捷，突然间充满感激。

深夜十一点，我走出飞机场。乌鲁木齐敞开怀抱迎接着我。

夜色才降临到这座城市不久，街上的夜生活也才开始的样子，空气中密布着孜然粉和烤羊肉串的味道。路边有人在健身。哪家的音箱，在放《达坂城的姑娘》。不时闪过的高楼与霓虹灯，又让这座城和别的城，没了区别。

到入住的酒店，与领队小姑娘希腊顺利接上头。小姑娘很热情，预示着我在新疆的整个行程，将很愉快。

天亮得晚，七点多了，晨曦才破开一点点。我拉开窗帘，视线被一排房子挡着。静。乌鲁木齐还在沉睡中。

简单收拾了一下，去楼下，与来自全国各地的驴友们会合。一行人往火焰山奔去。

我对火焰山，并不陌生，打小就知道的。《西游记》里有："西方路上有个斯哈哩国，乃日落之处，俗呼为'天尽头'。……这里有座火焰山，无春无秋，四季皆热，那火焰山有八百里火焰，四周寸草不生。……若过得山，就是铜脑袋、铁身躯，也要化成汁哩!"

我那不识字的祖母，也会讲这一段故事。夏夜纳凉时她讲，冬夜取暖时她讲。她不厌其烦地讲，我们不厌其烦地听。每回听到孙悟空钻进铁扇公主的肚子里，在里面闹将开来这一段故事，都觉得特别新颖有趣，仿佛头一回听，必哈哈大笑，求祖母再讲一遍。我的祖母若还活着，我定会带她来看真的火焰山。

真的火焰山，在吐鲁番盆地北部，绵延100多公里，宽10公里，海拔500多米。维吾尔语称"克孜勒塔格"，意思是"红山"。当然没有大火熊熊，但地表温度高得吓人。据说当地人煮蛋或烤羊肉，是不用生火的，只管拿着蛋和羊肉，去那些沙窝子或是岩石上放上一放，也就熟了。

山路蜿蜒。山都不高，大多光秃着。偶见小蓬的植物，附着其上，纤细的枝叶，虽弱小，却顽强地捧着一捧的绿。那么耀眼的绿！像一个人不肯认输的心。

我陷入莫名的感动中，想着我们正走着的脚下，无数的马走过，无数的骆驼走过，无数的人走过。他们无一例外的，都是为了追寻生命中的高地。那高地，或许是一块赖以安身的草原，或许是一眼能够续命的水源。或许都不是，他们不远千里万里跋涉，只是为了寻找到灵魂里的东西，那种东西，叫信念。

午后，抵达火焰山。

这里已成热门景点。孙悟空唱着主角，手持芭蕉扇，威风凛凛地站在大门口。他的金箍棒做成了华表，显示地表温度 70 摄氏度。

游人们争相跑去华表那里拍照留念，跳着脚嚷着，真热啊真热啊。

阳光直直地射下来，沙粒似烤熟了一般，灼人肌肤。地面的沙土，泛出阵阵的热浪。连绵的山，裸露着褐红色的山体，望过去，亦是火热滚烫的。我想起了边塞诗人岑参描绘这里的诗："火云满山凝未开，飞鸟千里不敢来。"从前读这句诗的时候距离太远，想象不了。当我真的置身于这样的环境里时，再品咂它，隔着千年的风沙，竟产生了十分的共鸣。遥遥望不到尽头的，都是热和寂寥，没有一株植物，望不见一根羽毛。山峦起伏，就那么光秃着。撑伞戴帽瞻仰，也只十来分钟，人就热得吃不消了。

山中多峡谷，这本不足奇，奇的是，那些峡谷里却另有一番天地。这里热浪滚滚，寸草不生，沟谷里偏偏流水淙淙，绿树成荫，瓜果飘香，仿佛到了江南。难怪沿途看到不少瓜果摊，上面堆着累累的西瓜、甜瓜和杏子。而瓜果摊的身后，却一片荒芜。我曾疑惑，这些瓜果是从哪里冒出来的？现在找到答案了，它们藏在山里头。它们是山里头的宝藏。

出名的峡谷有葡萄沟、木头沟、胜金口沟、连木沁沟等。

葡萄沟自然是盛产葡萄的。不过，六月天里，葡萄才刚结果，还未能采摘。沟谷外的沙地上，一幢一幢晾晒葡萄干的房子，蜂窝似的排列着。它们静静等候着葡萄成熟，像等候情人归来。

二

从火焰山往鄯善去。

之前我查阅过相关资料，得知鄯善是个地形地貌很特别的地方。三面环山，地势东北高、西南低，形成坡度平缓的倾斜面。全境内有高山、湖泊、沙漠、盆地，还有戈壁和丘陵。

才过了火焰山山头，大地的面貌已截然不同，绿色铺陈，枝枝蔓蔓蓬勃葱茏，疑是到了江南。

然而这仅仅是一段路。过后，又进入了寸草不生的戈壁荒滩。蓝天匍匐其上，云朵一蓬一蓬，像吃饱喝足的小兽，丰腴而又慵懒。

就这样，一路的风景不断变换着，跟放魔幻片似的。一会儿寂寞荒凉，地面沙粒泛着金光；一会儿又是绿植婆娑，一派初夏风光。

到鄯善，吐鲁番盆地中的一个小县城。路边的树，顶一头的灰。

街边房屋不高，两三层或是三四层。

在一家叫"今典"的酒店住下。酒店条件出乎意料的好，干净、宽敞、明亮。

稍作休整。六点二十集合，去库木塔格沙漠。库木塔格在维吾尔语里是"沙山"的意思。它是世界上唯一一个与城市相连的沙漠，集大漠风光与江南秀色于一体。

从"今典"酒店过去，车行十来分钟，一路的绿植，都是碧绿苍翠的。时有开得好看的花，簇于其上，红的黄的紫的，不一而足。这哪里是去沙漠呢，这分明是去往山水更妙处。

然而，一个真正的沙漠，已然在眼前呈现。两者之间衔接得那么突兀，可又那么理所当然——一边柔情万种，一边豪气万丈，似乎没有比这更合理的搭配了。

这就是库木塔格沙漠。它由一座座沙山组成，高低起伏着，构成了沙漠迷宫。景区电瓶车在那些沙山之间穿梭，把我们送进它的腹地去。时有一丛一丛的绿，扎根在沙山上，像盐蒿。它们坦然地，毫不谦逊地，每日里接纳着来自四面八方的目光的礼赞。

赤脚走进沙漠，沙子是滚烫的，又是柔软的。我们顶着大太阳，一步一步，往沙山上爬。气喘吁吁之际，暗想，爬去做什么呢？这个问题有点好笑。我们有时做一些事，并无特别的目的，也无特别的道理，是心，要在那些貌似无用的事情中，得到释放，得到纯粹的快乐。仅此而已。就像徒手攀高山，徒步行沙漠，都是人生体验的一种。

看身后的脚印一窝一窝，印在沙子上，迷人得很，这是极有趣的。只是不长久，一阵风来，风吹沙埋，走过的脚印，便不见了。

想起不知在哪里看到的一句话：请把恨写到沙子上，请把爱刻在石头上。我笑了。说这话的人，真是智慧。生活中，我们难免会因一些不快事而生恨，但最好把恨写到"沙子"上，一阵风来，吹过就消失了，不留痕迹。而爱，却是我们一直要坚守的。有它在，我们的人生，才有着暖意和继续的必要。

沙山上多沙窝，那是它自带的，一个接一个。我猜那是沙漠在笑，像爱笑的女孩子，嘴角现出深深的梨涡来。又多各种纹路，线条柔和，密布均匀。那是风的功劳。沙漠的风，是绘画高手，它不时给沙漠画上几笔，让粗犷的沙漠，有了精致的一面。

有人从沙山顶上俯冲下来，尖叫声不断。女人们着红装，舞动长纱巾，跳着蹦着。我跪下去，捧起一捧沙子，静静看，风吹着它们，一粒一粒，从我的指缝间吹走。我突然有流泪的冲动。我想，就是这么细小的沙子，它能把所有繁华过往，统统掩埋掉。那座地下的城堡——楼兰，和它曾经的辉煌，都成了沙粒埋藏着的秘密了。

晚上八九点，太阳还挂在天上，晒得很。天空蓝得无法想象，大块的云，推着搡着，拥着挤着，层层叠叠，它们是要在天上堆出一座座云山来，好来呼应地上这一座座的沙山。这是大漠才有的好风光。

幸运地，等到沙漠落日。眼见着那硕大的太阳，整个儿慢慢滑进沙漠里，就像鸟儿回到它的窝。随后，无数沙粒飞扬，成了漫天沙霭。它们似在送别夕阳，又似在迎接夜晚的到来。当人群散去，夜幕真正降临时，这里将还原成原有的宁静，它们将拥抱太阳而眠。

三

　　博斯腾湖，位于新疆巴音郭楞州博湖县境内，属山间陷落湖，古称"西海"。《汉书·西域传》中说此湖多鱼。《隋书》里，不单记载了此湖多鱼，还记载了此湖多盐、蒲、苇之利。它历史的久长，当长于人类。它是人类赖以生存的供养地。

　　关于它，当地有美丽传说。说是有一对年轻恋人，小伙子名叫博斯腾，姑娘名叫尕亚，他们深深相爱。尕亚长得十分漂亮，有一天，她无意中被天上的雨神撞见，雨神要抢她为妻，尕亚誓死不从。雨神大怒，数月不降滴雨，致使草原大旱。博斯腾跑去与雨神大战，这一战就战了九九八十一天，终于大败雨神，但博斯腾也因疲惫而死。尕亚伤心欲绝，她不停地哭啊哭啊，流出的眼泪，汇成了大片湖水，最后，她泪枯而死。为了纪念这对悲情的恋人，当地牧民将该湖命名为"博斯腾湖"。

　　这当然是杜撰出来的一则传说，然而在见到博斯腾湖的时候，我还是忍不住要发生联想，仿佛见到年轻的博斯腾和年轻的尕亚，他们的灵魂，万古长存在这片湖水中。

　　天上的太阳，一直很烈，等到晚上七点多了，才稍稍敛了点光芒。通向湖的路上，行人稀少，一些为接待游人而搭建的房屋，都空着。只有一两家吃食小店，开着门。露天里，搭着敞篷，摆着些桌椅。你若点菜，他们会推荐，吃吃我们博斯腾湖的鱼呀。

　　当然得吃。烤着吃，煎着吃，烧着吃，怎么着都行。味道自然十分鲜美。

路旁有花，波斯菊和格桑花。你可以一边吃饭，一边看花，看到天黑也没人催你。你还可以抬头看看天空。这里的天空，什么时候看过去，都是湛蓝湛蓝的。

去湖边。初见，被惊住，这哪里是湖？这明明是海！它呈现给你的，完全是一派海滨风光。细软的金黄的沙子，一直铺到临近湖水的地方。湖水深蓝的，又是深绿的，浩荡开去，茫无涯际。湖边芦苇青青，水鸟出没其中。

有开游艇的几个小伙子，过来兜生意，殷殷招揽，坐我们的游艇去湖中心玩呀。

笑问，到湖中心去做什么呢？

答，湖中心有湖心岛呀，可以看水鸟啊。

他们说话之间，一只水鸟刚好掠过湖面，飞上天空。我看着笑了，他们也笑了。

极目远眺，可以望见远处的山脉，一抹轻烟似的。似谁用毛笔，在宣纸上轻点了几下，留下几笔水墨印子。不知那些山脉，是不是长在湖里面。湖水与天空相连，哪一个角度看过去，都是相亲相爱的好模样。

沿着水边漫步，一边等着看日落。晚上九点多了，夕阳才现出夕阳的样子。一些云朵蜂拥了过去，像一群翻着白肚皮的游鱼，密匝匝的。它们在半空中凫游着，这个的头，衔着那个的尾巴，队伍庞大，眼看着就要掉到湖里去了。而夕阳，开始红了脸。

湖水开始变幻着色彩，一半儿幽深，一半儿橙红。夕阳滑下来，滑下来，渐渐消融在湖里面。似乎听到有谁长舒一口气，啊，有情人终成眷属。湖水含着羞，做着美娇娘。

月亮从另一边升起来，没有树木遮挡，没有房屋遮挡，它就那么圆润的，无所挂碍的，升起来了。仿佛是从湖里长出来的。

四

一大早起来，天还不曾亮透，我们就紧着往巴音布鲁克赶。

路途远，也并不感到疲惫和无聊。窗外的景致，像会转动的万花筒，什么时候看过去，都是好看的。即便是光秃秃的山，也有云朵来嬉戏。还有一种植物，枝叶细细的，貌似荆棘。这在我们老家并不讨喜的植物，在这里遇见，竟在心中荡起一片温情来。它让人看到，活着，还有另一种姿态。

停车吃饭，在一个叫巴仑台的小镇。一些吃食店并排开着。随便走进一家去，一溜的桌子摆着，窗台上搁着花，细看去，是四季海棠，还有太阳花。有一盆扶桑，摆在厨房门口的一侧，花开得喜滋滋的。店主是一对夫妇，见客人进店，一边忙得脚不沾地，一边还顾及我在看花，笑着告诉我，那是小叶牡丹。我笑一笑，点头，没纠正他们。是扶桑或是牡丹，其实关系不大，有花在日子里开着，就好。

也没别的服务员，就夫妇两个打理着这家小店。女人是陕西人，男人是四川人，来新疆十多年了。起初是跟着建筑队来的，后来就在这里做起了小本生意，开了这家小饭店。收入还不错，女人说，很满足的样子。每年冬天，他们都会回家，一是这里客少了，二是想家。

饭毕，在街上遛两圈。遇见水果摊，走过去买了些杏。青青的小果子，洗净了就可以吃，甜得很。摊主让我当场洗两只吃，水冰凉透心。他笑，这是雪水，山上融化的。

也是第一次见到新疆的馕，有脸盆子那么大，两边烤得焦黄。四块钱一只。新出锅的，老远就闻见香。问及怎么做的，那边毫不保留，说，里面加了牛奶和孜然粉的。于是，我们人手一只馕提着。

巴音布鲁克，突厥语为"星星平原"之意。蒙古语里意为"富饶的泉水"。这说法好理解，因它的四面都是雪山，雪水融化，泉水自然丰富。大大小小的湖泊和河流，像星星般，散落在草原上。

有水，草必生长繁茂，巴音布鲁克遂成了牛羊马们的天堂，也成了天鹅和人的天堂。

到这里，天鹅湖是要去看的。跟着景区的电瓶车，往那草原更高处去。一路的景色繁复自不必说，山是翠绿的，谷是翠绿的。我们跟着绿拐着弯，跟着绿兜兜转转。天上的云，呈波浪翻滚，从一个山头，漫到另一个山头去。牛羊们散落其上，有牧民骑在马上飞奔。

曾经的历史风云，亦在这片土地上跌宕。这里曾是土尔扈特部汗王渥巴锡的封地，1771 年 1 月，年轻的渥巴锡率领客居沙俄近一个半世纪的土尔扈特人，历经千辛万苦，一路浴血奋战，半年之后，终得以回到故土新疆伊犁，其东归壮举轰动了整个世界，成为一部经久传唱的史诗。每年七月，人们都会聚集在这里，举行一年一度的东归那达慕盛会。那时，人头攒动，花团锦簇，热闹得不得了。希腊说，若是我们晚来半个月，就会逢到那达慕盛会，可以观看到歌舞、摔跤、赛马、射箭等浩大场面的。

可我却不遗憾，就让它在想象里盛开，也很好。

说话间，天鹅湖到了。高山草甸之上，这片由大小不同的湖泊汇聚而成的深蓝的水域，是上帝褒奖人间的一颗珠宝。

不知是不是游人多，惊扰了天鹅，湖面上，一只天鹅也没有看到。然见远处雪岭连绵，山峰入云，悠悠的湖水，一路荡过去。又见水鸟不时飞掠其上，也是美不胜收的。我想起一句诗来，"天光云影共徘徊"，用到这里，很应景。

有游人忽然指着远处的小白点惊叫，那一定是天鹅！

极目过去，但见点点的白，如小白花缀在湖那岸。希腊肯定地说，是天鹅。她说，每年这个季节，都有成千上万的天鹅，从印度和非洲南部飞来，在此栖息，生儿育女。

我一边高兴，一边隐隐生出忧愁来，如果人类不断侵扰这片天鹅们的圣地，天鹅们还会来吗？

去观景台，等着看落日。

我没有再坐电瓶车上山，而是一路步行上去。我爱草原上那一簇一簇的野花，紫的、黄的、白的、粉的、红的，多如满天星。每一朵，都是招人疼的好模样。

我追着一朵又一朵花走。蚊虫多，亦是顾不得的。

不知不觉，也就到了山顶。站在一块岩石上，可以俯瞰下面的开都河，绿绸带一般，飘忽在草原上。在这里，开都河狠狠任性了一把，把原本平直的身子，硬是扭成了九曲十八弯。

许多游人架着三脚架，对着西边天，等着夕阳落进开都河里。

那时，将现出九个落日的奇观。可惜这一日的天不很明朗，夕阳尚未融化，就被厚厚的云层吞没了，天边只留下一抹红。

但九曲之水在，怎么看都是好看的。山坡起伏，那些草和花朵，也跟着起伏。天边的云，蒸腾起来，如青纱帐一般，把山和草原裹在里头。

风大，真冷。有人穿着棉大衣，有人裹在厚厚的毯子里，也还是瑟瑟发抖。我衣服带少了，着一件薄外套，只能不停地跑，以使自己暖和一些。

五

深睡了几个小时，又开启美好的一天。

早晨七点半钟的光景，巴音布鲁克草原冷得很，风吹在身上，有刺骨之寒。远处的雪山，露出隐隐的白。近处的草原，闪烁着露珠的光芒。

我们简单吃了点早餐，就往"空中草原"那拉提奔去。那拉提，维吾尔语称"纳喇特"，为日色照临之意。它是古丝绸之路的必经通道。早期的游牧部族，如塞种、乌孙等都曾在此频繁出入。唐朝以来，边塞发生的许多重大战事，也都与这里不无关联。

窗外的景致随便一抓，都堪称绝美。雪山、草原、峡谷、河流，无穷尽。野花们纷纷扬扬，数不清的白、数不清的粉、数不清的黄和紫，开滥了！满山坡，满河谷。我们不时晃过洁白的蒙古包，和哈萨克人的毡房。有人骑马上山，载着物资。有人赶着一群黑的羊白的羊，往青草更深处漫去。草翻滚如浪，他和他的羊，像舟。

疯了！一定是疯了！满山满山的绿啊，绿透了。白云朵似乎是养在山头上的小兔子，或是小白狐，它们活泼好动，在山顶上狂奔，眼看着它们要奔到一个峡谷下面去，却在悬崖边突然收了步。

这是独库公路沿线的景致。我们途中停下来好几回，是实实在在被它的美牵住了，舍不得挪步。我们拍野花，拍雪山，拍深谷，哪一个望上去，都有着惊人之美。镜头有限，只恨心也太小，装不下这么多。然而又感激万分，我幸运地遇见了，我的眼睛还明亮着，多么好！

看，花啊！

看，羊啊！

看，马啊！

看，蒙古包啊！

这以后的以后，这样的欢呼声，必将时时在我的梦里响着吧。我未曾离开，已满心忧伤。

那拉提小镇，看上去非常朴素家常，置身其中，恍然间以为就在自家门口。街上的吃食小店，一家挨着一家。卖水果的小摊子也不少，这个季节，多的是西瓜、甜瓜和杏。新疆的馕亦是满街都有得卖，一堆儿烤得焦黄的大圆饼摆在一起，成了一道风景。

去一家维吾尔族人开的饭店吃饭。店里只有姐妹俩，听到有声音，她们从灶间走出来，笑着招呼我们。我们点一份野蘑菇牛肉面，不一会儿，就端上来一大盘子。面条不限量，要多少都可以。妹妹的名字中，似乎带一个"梅"字，我听做姐姐的在灶间喊，阿梅，阿梅。我笑了，真想跑过去认上一门亲。

吃饱喝足，去拜访那拉提草原。

这个平均海拔在两千米以上的高山草原，草肥水美，植被繁茂。终日欢跃奔腾于其间的巩乃斯河，如一条银白的小蛇，蜿蜒于宽阔的山谷间。喀班巴依主峰上的白雪，终年不化。它们和天上的白云朵交融在一起，分不清你我了。不知是天上的云化作了雪，还是雪化作了天上的云。

我们包了越野车，去往深山之上的雪莲谷。光听这名字，就够诱人。谷如雪莲盛开，抑或是谷中就多雪莲。事实上，其山顶雪峰外形的确酷似雪莲，又有雪莲花常年盛开，故得此名。

草原上，草多，花多，都是繁茂到不能再繁茂了。雪白的毡房，散落其上。雪峰就在前头，看上去只有百十步之遥，事实上，得在山谷间穿行很久，才能抵达。

雪山脚下，铺着厚厚的积雪。我们踩着积雪，想去触摸一下雪山。有清流湍湍而下。我们小心踩着石头，跨过清流，到达对岸坡上。坡上全是繁茂的青草和花，它们甜蜜清澈的模样，招人喜欢。我恨不得做只羊，赖在那儿不要走了。

刚好一群羊来。它们是从山坳里跑过来的，还是从山上？我还真没留意。我觉得它们是从草里面冒出来的——它们刚和天上的白云捉迷藏来着，是草把它们给藏着了。它们迎着我冲过来，眼看就要撞上我了，我正不知所措着，谁知它们冲到我跟前，突然来了个大拐弯，绕过我，径直跑向雪山去。我替它们冷。它们不冷吗？哦，有草在青着，有花在开着，哪里冷！

牧羊人骑在高高的马背上，从山坡上下来。我冲他招手，嗨，你好！他也冲我招手，嗨，你好！我们都笑了。他从我身边过去，我目送着他和他的羊，齐人腰深的草和花托着它们。天地如此的好和干净。真干净。

牧羊人和他的羊，拐过一个山头去了，我这才觉得冷。雪山吹过来的风，自带着冬天的严寒。对面山谷边的半山坡上，却立着毡房一顶。毡房的主人是个哈萨克汉子，说不上年龄，或许三十多，或许四十多。长期的风吹日晒，令他们早已模糊了年龄。但脸上的笑容，却纯净得要命。他操着半生不熟的普通话，笑着说，羊肉串十块钱一根。

对，他在毡房门口，摆了个小摊，烤羊肉串。一头宰好的羊，悬在半空中。客来，他直接伸手去上面切下一块，穿上，烤。据说旅游旺季，他一天能烤掉三四只整羊。

我笑，呀，你收入很可观啊。

他也笑，说，买羊，买羊。

我琢磨半天，始才明白，他是说，他攒了钱，就去买羊。对他们而言，羊才是生活的全部意义和幸福所在。就像庄稼之于农民。

晚上他就住在山上，一个人。临着雪山，空气潮湿，被子都是湿的。外人看过去，多么富有诗意的栖居，其实，隐藏着无数艰辛。

不冷吗？问他。

他憨憨笑，说，习惯了，不冷。

聊到他们哈萨克人，有孩子念书，考到南京去念大学。但那孩子就是不习惯城里生活，吵着要回家。结果，回啦。他哈哈大笑着。

我们这里空气好，羊肉好吃，他说。脸上的笑，像炭火上跳动的小火星。

六

一早，别了那拉提，往特克斯赶。我们要去那里看世界上最美的草原——喀拉峻草原。

其实，新疆的草原，各有各的美。这就好比春天的花，你说哪一朵比哪一朵更漂亮？又好比一群佳丽，个个唇红齿白，明眸善睐，或是小家碧玉，或是大家闺秀，你非得分出个伯仲不可，实属勉强。

沿途的风景，很少能让我们惊叫了，看过太多的草，太多的花，太多的山谷，太多的雪山，太多的牛羊，我们已见多不怪了。我也就眯起眼打盹儿，常在车子颠簸时醒过来，眼一瞟窗外，疑是在梦中——漫漫的青草，爬满山坡。每一座山，看上去都是正大仙容的。

天气不好，阴阴的。没有了蓝天白云的眷顾，草原似乎也显得略有些沉郁。但到底是朝气蓬勃的，看着，还是那么赏心悦目。

下午近三点，我们到达特克斯城。

特克斯城是从前乌孙王国的地盘。大汉第一个和亲公主细君，就是远嫁到这里的。它也是世界上最大最完整的八卦城，传说是由全真教真人邱处机布置的。成吉思汗佩服邱处机的满腹经纶，曾不远千里，三顾茅庐，请邱处机出山。邱处机应他之邀，前往西域，路过此地，被这里的山川形势打动，故而布下此城格局。

初进特克斯城，你也许并没有觉得它有什么奇特，也就是普普通通的街道，也就是普普通通的房子，一样的烟火人生。然城中布局，全是按照阴阳八卦而来。以八卦文化广场为核心，街道向四面八方辐射了去，形似迷宫。外人进来，极易迷路。领队希腊讲了个笑话，说一外地司机来此，从早上转到中午，最后还是回到了原地儿，就是出不了城。

她的这个笑话，在不久之后得到证实。我们离开八卦城时，在城里面绕来绕去，兜着圈子，就是找不到出城的路——这都是后话了。

雨忽然下起来，从点点滴滴，到大声喧哗。

那时我正坐在一家小饭馆里吃面，望着外面的雨，很惆怅，心想，这么大的雨，还怎么去看喀拉峻草原啊！

然而等我吃完饭，雨声竟渐渐止了。一个大太阳，光芒万丈地挂在天上。

老天爷的特别眷顾，真叫人感激万分。

一行人就差高歌"我们的队伍向太阳"了，雄赳赳气昂昂地向着喀拉峻草原奔去。

"喀拉峻"在哈萨克语中，是辽阔茂密的意思。茂密，当然指的是牧草。

这里的牧草，大多是优质的禾本科、豆科、菊科植物，特别利于牲畜长膘。这里夏季气候凉爽，少蚊蝇，舒适度极高，是世界上少有的第一流天然草场。哈萨克族人对这片草原还有"汗加伊寮"的说法，说它是国王的夏牧场。

坐上景区的循环中巴车，往草原深处去。中巴车在弯曲如肠道的山路上，忽上忽下，忽左忽右。美丽的喀拉峻在窗外呈现，坡谷、盆地、山峦，从眼前快速闪过，哪一个望上去，都是正当华年的好模样。鲜花绚丽缤纷，漫山遍谷，遍坡，遍野。哈萨克人的冬窝子，"泊"在草地上，各色鲜花环绕着它。

冬窝子是哈萨克族人冬天居住的地方，木头搭建，四周用了石头围砌。我浮想联翩，冬天，狼会来敲门吗？熊会来敲门吗？旱獭会来敲门吗？那养得肉滚滚的，一身黄皮毛，形似小狗的旱獭，是这片土地上的小主人，草原上随处可见它们的洞穴。它们走出洞穴，在花草间闲逛，警觉性很高，一有风吹草动，就"嗖"地钻洞里去了。发出的叫声，有点类似于鸡打鸣。有时也像小娃娃在笑，咯咯咯的。

也时见成群的牛，成群的羊，和成群的马。它们在草地上漫游，闲闲地嚼着鲜花。那么多的鲜花，它们想吃哪朵就吃哪朵。它们比从前的国王还要奢侈。

两只羊依偎在花丛中，盯着过往的车发呆，它们看上去无所事事，却又安详得叫人嫉妒。小牛挤在母牛身边吮奶，母牛的眼神，望上去真慈祥——那奶里，有草的香、花的香、阳光的香、雨水的香和雪的香。小牛也是幸福的。

到五花草甸。到鲜花台。又经过库尔代森林大峡谷、三级夷平面观景台，最后到达猎鹰台。雪山做了草原的屏障，而草甸上、峡谷中，都是茂密的草，茂密的花，五彩缤纷。也有小片的森林，点缀在峡谷中、草甸上，很奇特。

牛马经过。牛马不看人，它们神情肃穆地，从一片草地，走向另一片草地，从一个山头，走向另一个山头，仿若巡视家园的士兵。

猎鹰台上有没有鹰，我不知道，我没有关心那个。我的整个心，都放在草地上那些花的身上。真没见过那么多的花，多如牛毛。是，我词穷了，也只能这么比喻了。它们都拼着命，往终极里开着，各自端出自己的好颜色。野葱的花，像紫色的绣球，它们举着那样的"绣球"，不知要抛给哪个心上人。阿克苏黄金莲满身的贵族气，金黄的花朵，像用金子镶的。高山紫苑看上去最天真，完完全全赤裸着一颗"心"。那么多颗金黄的柔软的心。还有草原老鹳草、阿勒泰橐吾、草原糙苏、火绒草。还有小朵的紫红，一堆儿一堆儿结伴着开。还有白色的小花一开一串，像兔尾巴似的，我叫不出它们的名。我叫不出名字的还有许多许多。那些低头在吃草的羊，一定知道它们的名字。

我嫉妒那些羊。

七

早上九点，我们离开特克斯城，前往夏特古道。司机开车出城，开着开着，迷了路，在城里转着圈。路看上去都是一模一样的，路旁都长着茂密的龙爪槐和蓬勃蓊郁的垂柳。兜兜转转半天，我们又回到起点。

车上有位师姐，研究《易经》三十多年，懂八卦布局。她对着巷道和建筑，一通捉摸，竟把路给理得顺顺的。在她的指挥下，我们终于出城。

一路西行。太阳开始升高，天气晴和。天上的云，一堆儿一堆儿的，跑出来散步了。山坡、丘陵、谷地、河流两岸，仍是披绿挂青，均呈现优美的弧度，柔软柔和，又饱满欢实。时见毡房，结伴着，或单独着，"长"在绿草地上，"长"在半山坡上。牧羊犬伏在家门口。牛羊在草地上谈情说爱。

思绪变得信马由缰，漫无目的，又是欣欣然的。也就想到南朝一个叫陶弘景的人，这人很有意思，他是个道士，颇通医理，却又迷恋炼丹之术，曾遍访名山，寻求仙药。他还是个政治家、书法家、文学家。齐时，入朝为官，对朝廷大小事务，均有不凡见解，后隐居山野。梁武帝当朝执政，亲笔写下一份情意绵绵的御诏，邀他出山。中有切切之问："山中何所有，卿何恋而不返？"照理说，接到皇帝老儿的亲笔御诏，且如此情真意切，他该欢欣鼓舞，打点打点行装，去御驾跟前晃上一晃。他却不，而是写了一首好玩的诗作答：

> 山中何所有，岭上多白云。
> 只可自怡悦，不堪持赠君。

绝！只不知武帝接到这首答诗后，会露出什么样的表情。我以为，他当是无奈苦笑，又羡煞了的。看看，人家养了一山岭的白云呢，哪里舍得离开！

上午十点多，山脚下的毡房里，陆续升起炊烟，袅袅的，很温情，很有人间情味。是在烧奶茶吗？哈萨克人的日子里，充塞着奶茶香。他们是靠这个度过大雪封山的长冬，也靠这个，安慰寂静的人生。我很想敲门进去，讨一碗喝。

也见到半截矮墙，和一些泥房。屋顶上披着绿开着花。那是冬窝子。哈萨克人有转牧场的习俗，冬天他们来这里住。夏天，这屋的主人和他的牛羊马都去了哪里呢？夏天，屋子里会有旱獭来访吧？小鸟们站在屋顶上宛转歌唱。

遇到油菜花，刚刚开，浅淡的黄，像撒了一层黄粉。到七月，将彻底开了。养蜂人的蜂房就在不远处。我看到有蜂蜜卖。这里的蜜蜂是采百花蜜的，那蜜，该叫百花蜜才是。舀一小勺，吃进去的将是龙胆、假水苏、金莲花、毛茛、千屈菜……该多甜多幸福！

途经昭苏——出产白马的地方。两千多年前，大汉第一个和亲公主细君，就葬在这里。当年，十来岁的小丫头，一路颠簸，穿沙漠，过戈壁，翻山越岭，来到乌孙王国。从此，没能再回大汉。她死在十八岁上，却为大汉赢得了边塞长久的稳定和繁茂。这草原上的花中的哪一朵，是她的魂？

正午时分，我们到达昭苏乌孙乡，停车吃饭。镇子不过巴掌大，只三五家饭店，烧川菜为主。进一家，只一个老婆婆守店，说厨师买菜去了。比画了半天，语言交流不畅通。她说自己是四川人。

许久之后，一中年女人上楼，很客气地与我们招呼，说，来啦？仿佛我们是与她约好的。看来是店家兼厨师了。就着菜单点了几个小炒，要了米饭。好几天没吃米饭了。

墙上张贴的文明餐桌倡议书很有意思，录下其中两句："兴家犹如针挑土，败家犹如浪淘沙。"耐人寻味。

菜很快上桌，干净，味道不错，又极便宜。我们吃时，老婆婆一直在一旁，笑眯眯地看着我们。饭毕，告辞。老婆婆送到楼梯口，说，再来啊。

我点头答应。可是，会再来吗？人生中的相遇，都只能是只此一次，不可再来。他年纵使有幸再相逢，也只能是场景相似，而非昔日的那一个了。

街上有电喇叭在叫，呜啦呜啦，没一句听懂。大卡车，围着很多人。我是喜欢热闹的，赶过去，一溜的蔬菜摆着，卡车上也装着，原来是叫卖蔬菜的。西红柿个大溜圆，惹人喜爱。想到晚上入住夏特古道的小木屋，那里几乎与世外隔绝着，买西红柿消消闲，也不错。问价，那边竖指头比画，五块钱两公斤。乐，赶紧掏出五块钱递过去，换得两公斤，真如捡来的。

我提着这袋西红柿，走在不甚整洁的乌孙街道上，有融入感，又充满说不出的感激。是哪个乌孙人之手，种出这样的西红柿，他想过会到达万里之外的我的手中吗？它们将在我的舌尖上翻滚，最后融进我的胃，成为我身体的供养。世上之缘，都在这巧合和偶遇之中。每一个人，都有可能与你关联着。

从乌孙继续前行，路过一片苜蓿地。紫红的小花，织锦壁毯一样铺着。少见人烟，青山自在安然。

到夏特古道。景区门口大书"夏塔"二字。当地人还习惯称夏特为夏塔。夏塔，在蒙古语里称之"沙图阿满"，意为"阶梯"。它是伊犁通向南疆的捷径，是古代丝绸之路上最为险峻和高危的一条古隘道，又名"唐僧古道"。相传两千多年前，大汉公主细君和解忧，就是经夏特古道，到达乌孙国的。唐僧西去印度取经，亦是走的这条道。

夏特古道不通车，我们只能把行李取下来，背上，步行前去入住的小木屋。山路崎岖，山上草木浓密。有河绕山脚下淙淙流淌，水呈奶白色。当地人称牛奶河。确为奇观。

几排小木屋在等着我们。据希腊讲，这是盖于1920年的小木屋。基于什么缘由盖了这些房子，希腊也说不分明。但现在，它们成了接纳各地来的驴友的"家"。

从外面看过来，小木屋真是诗情画意得很，赫红色的木头，几无加工，就是木头本来的样子，拙朴，古色古香。木屋的前面是山，高与天齐，白云朵从山后面爬上来。木屋的后面也是山，树木葱茏，高低起伏，亦是几与天齐。木屋的左面是山，右面还是山。洁白的雪，覆在山顶上。它们是哪一年落下的雪呢？有没有一粒，亲眼看见过那个远嫁而来的大汉和亲公主？后来的琵琶，早已换了主人，而这粒雪，还守在这里。

手机无信号，真好，过一段与世隔断的日子。

稍稍收拾一下，去走夏特古道。先是坐电瓶车进山，约莫半个小时，停车，步行。绝对的原始的古道，马走、牛走、羊走、狗走、人走。各色鲜花开在两旁。四面青山环抱，山脚下，夏特河哗哗奔流，水稠稠的，真的状如牛奶。

迎面雪山矗立，云雾轻绕，山脚下却是蔓草青青。眼睛是忙不过来了，哪里都是美，且美得只此一家，独一无二。

冷，却是顾不上的。也顾不得脚下的牛粪马粪。在草原上，不踩上几脚牲畜的粪便，就不算到过草原了。我奔着花儿去。随便一丛，都惹人醉。马儿过来。牛低头吃草，吃得嘎吱嘎吱，它们自我陶醉得不行。遇见一冬窝子，掩在花丛中，木头搭建，屋顶上亦纷披着各色小花。好奇去探访，门扣着，正失望，主人来了，开门，说，我们冬天就住这里。

冬天，我们在这里放羊，他坐到炕上，笑嘻嘻地说。木屋里，倚墙是长长的炕。

冬天不冷吗？我问。

不冷，热着呢。他笑，冬天这里下雪，但太阳一升起，雪就化了。

我想象着那样的冬天：屋子里生着炉火，炉火上热着奶茶，外面飘着雪。若是小旱獭来敲门，也能喝上一碗的吧。

真的有小旱獭，在离冬窝子不远的花丛中，对着我们看。黄黄的毛发，憨态可掬的样子，肉滚滚的。草甸上、山坡上、冷杉下，都是它们的窝，洞掘得深深的，它们不时在洞穴口晃悠，在鲜花丛中发呆。

问，它们不怕人吗？

答，不怕。它们是我们的邻居嘛。

世间万物相处，若都能当邻居，该多美好！

道路崎岖、泥泞，常被石头绊着，被草根绊着，却舍不得止步。

走啊走啊，去往青草更深处，去往鲜花更深处。上坡，下坡，渡河，越沟。雪山莹莹，鲜花漫漫。灵魂出尘了。

偶有雨点落下，而天空却是明净的。白云一层一层叠加着，厚得不能再厚，一线的蓝天，从里面挣脱出来，像一片湖泊似的。

走得腿酸，也才识得它的冰山一角。想要翻越天山去，也只想想罢了。对远古大唐的那个僧人，充满无限敬意。

六七点回转入住的小木屋，落了一阵子雨。空气湿湿的，冷。也无多余的热水可洗，也无电视可看，手机信号也不通。回到从前的岁月了，天黑了，就关起门来睡觉吧。

天却未黑，傍晚也才刚刚开始。听见牛在不远处叫，哞哞哞的。原打算晚上在院子里看星星的，这下子，星星是看不到了。我忧愁着，这一夜，我将如何抵抗这冷？

九点半，雨声渐大，敲在小木屋顶上，咚咚咚。那些小花呢？那些小草呢？雨声会敲打着它们的梦吧？睡在雪山怀抱中，睡在雨声里，虽冷，这感觉却真是奇妙。

男人们凑成一堆喝酒。我好不容易找了只空酒瓶，找了点热水，灌进去，抱怀里，这才感觉到身上有了点热气。

一夜雨声滴答。被子凉薄，稍稍动一动，就有凉气袭身。好不容易囫囵着睡着，梦里全是雪山莹莹，各色花儿相迎相拥。

旱獭的叫声四起，它们似乎就站在门外，你一声，我一声，昂扬着，唤着屋里人——天亮了。

鸟跟着歌唱起来，稠密声堪比雨落。也不知它们逗留在哪棵树上，抑或在哪朵花里。夜里，它们如何抵挡严寒的？这是个谜。

听它们活活泼泼地唱，看来一夜好睡，过得并不赖。

开门，雪山相迎。一个鹅毛编织的圆月亮，歇在山头上。好比巧手的绣娘，用丝线给绣出的一幅画。

山中一日，世上千年。我恍惚着，那个我活过几十年的尘世，我已模糊了它的样子。

去林中散步。地上敷着夜霜，一层银白。树上挂着夜霜，树叶子晶莹可爱。马在林间草地上吃着草。有牧民在林间草地上挤奶。母牛很听话地站着，一只小牛依偎在一旁，好奇地看着。它一定觉得不可思议，又觉得有趣，怎么它喝的奶，人也喝呢？

旱獭又不知在哪棵树下叫，叫声像孩子吹芦笛，又像吹着小海螺。这里没有小海螺，却有着无数的晶莹剔透的石头。我沿着夏特河走，岸边全是被雪水冲刷过若干年的石头，大大小小，有的像抽象画，更多的是洁白得不着一色的，雪一样白。

出太阳了。仿佛哪里有一只大手，一下子驱散了山中寒气。阳光洒在身上，那种体贴的温暖，让人感动得要流泪了。难怪牧民们如此钟爱阳光，每日出太阳，他们都要合掌感谢。

群山也都沐浴在阳光里，神采奕奕。草地上的花们，抖落了夜霜，更是明艳。好日子长着呢，千年万年。

八

上午十点半，离开夏特古道。

车子在山峦之中穿梭，如蛇游，有梦幻的感觉。再见了，1920年的小木屋；再见了，草原；再见了雪山；再见了夏特河；

再见了小旱獭们！

出景区大门，司机师傅在门口用西瓜和馕欢迎我们。西瓜跟冰镇的差不多。这里是不需要冰箱的，天然的冰库那么多。吃一口西瓜，就一口馕，这吃法，绝了。

吃完，往伊犁赶。几个小时后，我们已再次踏入特克斯城。在美食街吃午饭（其实已是下午了），牛肉面和凉皮都很好吃。新疆人都很友善，价格也公道。

水果多的是西瓜、哈密瓜、杏和桃，有少量葡萄已提前上市。问，葡萄甜吗？笑吟吟答，甜。你们吃一颗试试嘛。话毕，已有葡萄递到跟前来。吃一颗，果真甜得很。

看见手工制作冰淇淋的，据说是这里的特色。买一个，两块钱，持手上吃。

抬头看见一商场，想到昨夜在夏特古道小木房挨冻，怕明天在赛里木湖也会冷，决定进去买一身厚衣服。

我就进去了，好不容易觅得一件羽绒服，又配了条羽绒裤子。商场的人很好笑地看着我，大概在想，这人怎么了，这大夏天的，要买这么厚的衣裳。

傍晚六七点钟赶到伊犁。很城市化的一个城。经历了几天的野外游玩，倒不适应这样的繁华和密集了。

九

上午九点半从伊犁出发，去看薰衣草。说来有些惭愧，到新疆，我本是冲着薰衣草来的。

一踏上新疆的地盘，薰衣草的气息就扑面而来。不起眼的小镇上，都在卖薰衣草精油、薰衣草香包、薰灯和薰衣草枕头。紫色的小花，已渗透进人们的日常生活。

窗外多平坦地，地里长树木庄稼。树是白杨树，庄稼是玉米和小麦。阳光打在白杨树的叶片上，望过去，那些叶子，像盛开的小白花，一树密密的小白花。

到科古尔琴薰衣草庄园。科古尔琴在蒙古语里是"绿色的山脉"之意。依托着这样的绿色山脉，上万亩的薰衣草，尽情开放。

几场雨落，薰衣草的颜色已褪去不少，变淡了。园子里的人说，你们若早来半个月，可以看到最美的薰衣草。我心下有点黯然，美的东西，似乎总难以长久。可转眼看到那么多薰衣草所制成的精油、枕头、香包，还有薰衣草蜂蜜，又释然了。它们以另一种方式存在着，世间万物，原是相互渗透的。

跑进薰衣草的花丛里，拍了许多美照。远处山峦隐映，近处花开沸沸，紫气蒸腾，人行于其中，人人得而成仙。

花丛中，立有细君公主的塑像。许多人跑过去留影。我远远站着看了会儿，在心里祝福了这个小公主。但愿她变成了这薰衣草中的一朵，无关历史重任政治使命，只安静做着一朵天真的花。

离开薰衣草庄园时，我买了几只薰衣草香包带上，也没想好带回家要送给谁，全凭缘分吧。

十

赛里木湖是我这次新疆之行的最后一站。

它头上的头衔众多，很有点珠翠累累环佩叮当的意思。它是大西洋暖湿气流最后眷顾的地方，故被称作"大西洋的最后一滴眼泪"。古籍里有"天池"之称，邱处机的《长春真人西游记》中就曾写道："大池方圆二百里，雪山环之，倒影池中，名之曰天池。"还有一称"西方净海"，那亦是在外人的眼里。当地人直白地叫它"三台海子"，或是"海西"。蒙古人叫它"赛里木淖尔"，意思是"山脊梁上的湖"。哈萨克语里，则是"祝愿"的意思。

　　关于它的传说很凄美。凄美的传说一般都是相像的，男女恋人，相恋却不得相守，最后双双以死赴情，化成树、化成石、化成河、化成海、化成湖。好，在这里，亲爱的恋人的眼泪，最后化成湖了。

　　当地人却确信不疑。说是每到夜晚，或是逢着阴天，赛里木湖的水，就像眼泪一样透明，充满了忧伤，还隐隐能听到那对恋人在哭哩。

　　从科尔古琴过来，眨眼的工夫，赛里木湖也就到了。

　　扑入眼帘的，是一面让人窒息的湖。在雪原之上，在群山之中。蓝，蓝透了，像镶着一枚椭圆的蓝宝石。文学作品里每每描写到天空之蓝，词穷了，就会这么比喻：天空像湖水一般蓝。我终为这句描写找到注脚，湖水若蓝起来，那真是天下无双的。

　　一顶一顶的毡房，像倒扣在草地上的雪白的帽子，列队欢迎着我们。我们迫不及待地奔过去，推开毡房的门。里面设施简陋，然收拾得很干净。铺着花地毯，地毯上面搁着茶桌，白天盘腿坐地毯上喝茶，晚上撤去茶桌，就可以席地而卧了。花被子叠得整整齐齐的，倚毡房边儿摆着。

　　十几个人住一间，你挨着我我挨着你，倒也亲热有加。同行中有小孩子，没见过这样的毡房，高兴得在地毯上打滚。

　　坐在毡房里，从敞开的门里，一眼望过去，就是湖。波平浪静的蓝，像绸缎铺着，就那么铺着。湖对面是山。山峦之上，卧着小兽一样的云朵。我等着看那些小兽爬起来，风一样奔跑。我等了很久，它们还是静卧着。它们实在太慵懒了。

　　毡房背倚的是起伏连绵的草甸，还有雪山。山谷里，树木密集成林，云杉们站得笔直，苍翠蓊郁，层层叠叠。也有花楸和山楂杂入其中。草地上嵌着或紫或红或黄的小花。牛羊马成群，被草原喂得肥肥的。

　　哈萨克族人在毡房外的草地上铺上地毯，小孩们一堆儿坐上面玩。女人们累了，也躺上面去。她们不看湖，不看雪山，也不看草地上的花，她们眯缝着眼，看着她们的牛羊马和孩子们笑。孩子们在草地上踢球、骑车、骑马。四五岁的哈萨克族小孩，就能打马如飞。见我们不错眼地盯着他们看，他们很腼腆地笑。

　　去草甸上，跟着牛羊走，做它们中的一个。花一朵一朵看过来，草一棵一棵数过来。白骆驼在草地上闲逛，遇见人，亲热地往人身边凑。野花丛中，蝴蝶纷飞。追着一只蝴蝶跑，想知道它最喜欢哪朵花。爬上山顶去，看峡谷，看湖。湖与山平，蓝，蓝得像用染料染过。白云朵就那么悬空卧在湖上面，它们一点儿也不担心它们会掉到湖里面。

　　晚上十点，黄昏慢慢降临。

赛里木湖的水，发生着急骤的变化，由宝石蓝，渐渐变成彩虹色，又变成珍珠粉、水银色，最后变成银灰色，天与湖彻底交融到一起，找不到它们的分界线了。湖水镜面一样的。不，不，它就是一面镜子。白云幻化成雾，袅袅于湖上起舞。邱处机有诗云："天池海在山头上，百里镜空含万象。"古往今来，多少的目光，为它醉倒。

夕阳的卵慢慢孵化，一点一点，把湖水染红，湖水沸腾起来，它们跑向山峦，跑向天空，天与山与湖，皆红。真恨自己笔拙，实在描绘不出那样的景象，只能眼睁睁看着，看得眼睛融化了。哈萨克族的小孩们仍在草地上玩耍，他们不看夕阳，不看湖，他们争着最后的天光，呼叫着，奔跑着，追逐、踢球、骑车，像小马驹。

牛羊们回家了。女人们开始做晚饭，毡房里一片热气腾腾。气温降了。我换上冬装，在草地上闲逛，这儿看看，那儿看看。女人们很友善地冲我笑。男人们遇见，问，吃了吗？

天渐渐暗下来了，湖水的色泽渐渐变淡，刚刚的华彩喧腾，仿佛是一个梦，它们沉静下来，寂然不语。天上的云，排列在湖上，像一排黛瓦粉墙的房。一缕一缕的红霞，是飘忽在房屋之上的彩带。

我们中有人向当地牧民订了一只羊吃。于是大家聚在毡房门口的草地上，不顾寒冷，吃烤羊肉串，喝羊汤，吃手抓饭，笑语喧喧。

篝火晚会开始了。所有人都欢呼起来，大家跳啊叫啊，玩嗨了。萍水相逢，反倒能敞开心胸，平日的伪装，统统不要了。夜的冷也被这狂欢的热浪驱散了吧。

我站在狂欢的人群外，看天空。星星们出来了，密密的，又大又亮，像红宝石。远山如黛，湖水如黛，星星们提着夜灯，照着它们的梦。

凌晨，草原上的人声才渐渐消散。毡房里的暖炉也已点燃。都开始入梦了吧。而天上，那么多星星还在亮着，它们是草原的守护神。

十一

凌晨四点多醒来。其实，我一直都没有深睡，肚子极度不舒服，翻来覆去，真难受。在这里，最难熬的是上厕所。我已憋了一天没上厕所了。

怕吵醒别的人，只能躺在那儿干熬，等着天再稍稍亮一些。夜，黑而静。

旱獭偶尔叫上一两声，不知是不是做梦了。牛羊马都睡了。白天那些奔跑的哈萨克族孩子，也都在各自的毡房里熟睡了。草原的夜，是这样的相同，又不同。

湖呢？听人说，夜里的它，呈现忧伤的样子。听不到它的声音。

五点半，我悄悄起床，走出毡房。天微微亮，一枚月亮，挂在毡房上空，像半枝莲花。繁密的星星，只剩下三五颗了。有鸡在叫，也有虫和鸟的声音。羊偶尔"咩咩"两声。

湖安静地朦胧着。四周的山，也都朦胧着。快六点钟了，我向湖边跑去，等着看日出。

东边天，慢慢挣脱出一缕红来，我知道，一个红太阳，就候在它身后。

掬一捧湖水洗洗脸，洗洗手，觉得心也被它清洗过了，从此后，不染尘埃。天边的云彩，开始一点一点在描着湖水。不是深红，不是艳红，是那种红晕轻染的可爱色。

然后，云霞堆厚，似燃起一堆篝火。那篝火越燃越旺，越燃越旺，我紧张地盯着，眼也不敢眨上一眨，心脏怦怦跳着，我知道，我将见证一个奇迹。是的，奇迹果真出现了，一个红彤彤的"胎盘"，从"火堆"里蹦出来。瞬息间，那"胎盘"膨胀起来，从里面射出万道光芒，太阳诞生了！那样的鲜嫩，似乎还看得到它脸上小小的红绒毛，那崭新的生命！半个赛里木湖被染得彤红，醉醺醺的。有鹰飞过，黑色的翅膀上，驮着一坨红。

我以为湖水要沸腾起来，却没有。它只平静地接纳着，酿造出一湖的醇厚的酒来，庆祝太阳的诞生。

我呆呆看着，直到太阳完全升起，直到红色渐渐消散。我慢慢往回走，一边欢喜一边心疼，这样的日出，今生，对于我来说，仅此一次。之前我不在，之后我不在，它饱过谁的心，又会饱了谁的眼？

八点多了，草原也渐渐醒了，各种声音明晰起来。遇见两头牛，埋头在吃草。我跟它们打招呼，它们好笑地看看我，又埋头吃草去了。

有炊烟从毡房里升起。牧民们又将开始新的一天，放牧他们的牛羊，喝着他们的奶茶，吃手抓饭和厚而香的馕。

新疆的云

<blockquote>
我疑心，那"茅花"深处，一定住着人家。他们的房子，是用白云砌的。门和窗，亦是用白云打制的。他们住在那白白的房子里，打好了馕，烧好了奶茶，就等着谁去叩门，一起坐下来喝碗奶茶吃块馕，跟他们说说白云外面的事情。
</blockquote>

去新疆，遇到最多的，是云。

新疆的云，多，多得像牧民家放养的牛和羊。

每户人家，每座山头，每个山谷里，都养着那么一大群。它们调皮、活泼、温驯，又跟棉花似的，家家都栽种着成片成片的棉花。收获了，晾在家门口，一垛一垛的白，松软、白胖，堆得像小山。一幅丰收的景象。

无论你是行走在戈壁滩上，还是行走在沙漠中，抑或是行走在草原上，总能遇见一些白云朵。它们无忧无虑，散漫慵懒，一副天真无邪的样子，丰满又健康。你痴痴地看，傻傻地乐，直到倦了。

你终于熬不住了，打了一个小盹，梦里全是白云朵朵。车子颠簸了一下，你突然醒来，眼一瞥车窗外，天哪，那天上居然开起了一个动物园。憨态可掬的"大熊猫"，正打着哈欠伸着懒腰。稚气十足的"海豚"，在表演舞蹈。姿态优雅的"白鲸"，鼓着腮在唱歌。灵动的"小松鼠"和"小狐狸"，在追逐着嬉闹。还有一群"羊"过来了，它们慢悠悠、慢悠悠地，从一个山头，走向另一个山头去。山头上，白雪莹莹。山坡下，蔓草青青，野花遍地。

也有时，你遇见了液态的云。它们像奔腾的小溪，吹起一朵朵白色的小浪花；又像飞流直下的瀑布，一泻千里；又像呼啸的海浪，卷起千堆雪。

又似无数条小鱼在游，泛起一圈圈涟漪。

又形似沙滩，一望无际。风曾经过那里，留下了好看的褶子和波纹。只不过那不是金黄色的，而是白色的。

又形似山峦，重重叠叠，连绵起伏，不知到底有几重。那是云的岭、云的峡谷、云的山峰与丘陵。

又恰如风吹茅花，成片，成野。我疑心，那"茅花"深处，一定住着人家。他们的房子，是用白云砌的。门和窗，亦是用白云打制的。他们住在那白白的房子里，打好了馕，烧好了奶茶，就等着谁去叩门，一起坐下来喝碗奶茶吃块馕，跟他们说说白云外面的事情。

同行中有个女人，碎嘴，喜挑剔。一路上她没少抱怨，抱怨饮食的不好，抱怨住宿条件的简陋，还有路途的遥远。大家渐渐都不太爱搭理她了。这日，我们的车行至一沟谷处，她突然趴着车窗兴奋地叫起来，小白兔小白兔！你们快看哪，那像不像一群小白兔？

我们赶紧去看，就看到了天上的云，果真像一群小白兔在赛跑，就要跑到那谷底去了。山谷披绿戴花，为之呐喊。那景象，美得令人眩晕。再看那个喊叫着的女人，她的脸上，现出孩童一般的欢喜和得意，她原先的尖刻和犀利，都消失殆尽了。

赛里木湖——蓝绸带一样的湖，飘忽在山峦之上。而天上的白云朵，则像温驯的小熊一样，俯卧在湖的那一边。当地的哈萨克族牧民看一眼天空，再看一眼湖，说，你们来得正是时候，天晴着呢，有白云映着，这湖，就特别的蓝。

几个五六岁不等的哈萨克族小孩，在草地上奔跑。他们忽然全部停下来，举着小手，对着湖的那一边，快乐地呼叫。童声脆脆的，传得很远很远。

最美的时光

就那么，走向青草更深处，走向野花更深处，在海拔高达两千多米的草甸上。喧嚣的尘世，纷扰的人事物事，那都是前世的事了。

新疆归来，已有好几日了，整个人却还是迷迷糊糊的，如坠云端。耳畔回旋着的，是牛羊的叫声。人声物语，都是呢喃。

就没见过那么多的草。

从巴音布鲁克，到那拉提，到喀拉峻，到夏塔，到赛里木湖，一路走过去，全是草啊。那些青青的草，那些绿绿的草，那些头顶着黄的小花、紫的小花、红的小花，伸着绿胳膊招展着的草。一座座的山峦上全是，一个个的山坡上全是。山谷里也长着，平地上也长着。绿在流淌，花在流淌，绵绵无尽。

还有雪山。

就没见过那么多的雪山。

雪未曾消融，莹莹的白披着，像披着件缀满了银珠儿的银袍子。那么近的距离，它们，就立在我的跟前，我只要一伸手，就可以触摸得到。雪山之上，云朵像巨型的猛兽匍匐着，白而胖的。而这些猛兽看上去，却是温驯的，收了性子的。它们伸着懒腰，打着哈欠，目光慈善又懵懂，似乎那冰雪，是它们最温暖的眠床。而雪山之下，绿草起烟，云雾般腾起，四下里弥漫。也时见冷松和云杉，在半山坡上，在山谷里，笔直地站成一排排，披着一身青绿，护卫一般的，守护着雪山。一年里的四个季节，不可思议地在这里相聚了，有春的烂漫，有夏的青碧，有秋的斑斓，有冬的洁白。

山峦连绵起伏，线条浑圆、柔和。看着它们，我老是要想到侧卧着的女人的剪影。那些绿草缀满的山峦，真的犹如柔情似水的女人，丰满的，又是幸福安康的。

哪里需要寻找角度？哪里需要选择地形？随便一处停下来，都能惹起你的惊叫，美啊！太美了！哪一处，都堪称经典。

你的眼睛看饱了，看倦了，那就拿耳朵听吧。躺到一块草地上去，听小花们窃窃私语，听小虫子们唧唧吟唱。还有牛羊的叫声，哞哞哞，咩咩咩。一丛草，被马儿的蹄子踩弯了腰，六七岁的哈萨克族小童，骑在马背上，一路呼啸而去。等马儿走远了，草们又挺直了腰。似乎是被调皮的小孩子捉弄了一下，它们有些哭笑不得地扑扑身上的泥，望着远去的马和小孩，并不恼，神情里满是宠溺纵容。

如果你还走得动，建议你最好不要停下脚步。你走起来吧，一直走。不定要上哪儿去，你就迎着雪山走吧，或者，择一处青草茂密处。就那么，走向青草更深处，走向野花更深处，在海拔高达两千多米的草甸上。喧嚣的尘世，纷扰的人事物事，那都是前世的事了。你只觉得你洁净，洁净得就像草原上的一棵草，一朵小野花，还有那屹立不语的雪山。

也时而遇见放牧的牧民，赶着一大群羊。你原以为羊只有白色的，在这里，你长见识了，你见到黑色的羊，黄色的羊，还有白黄杂染的羊。它们的毛发卷卷的，大尾巴卷卷的，眼神天真，真是好看。那些牧民有哈萨克族的，有蒙古族的，他们住毡房和蒙古包。他们说着你听不懂的话。但不要紧啊，天下的笑容都是一样的，里面住着良善。你们遇见，对望着笑一笑，心底里有温暖浮起。

同行中有父女两个，女儿刚刚小学毕业，文静内向，言语不多。往常在家，父亲忙于工作，与女儿交流极少，女儿对他很生疏。这十多天里，他们形影不离地在一起，在能步行的时候，绝不去骑马或坐车，而是选择步行。他们一路走着，翻山越岭，看山，看草，看花，看牛羊。渐渐地，女儿对他，十分依恋起来，有着说不完的话。他感慨万千，他说，这次出行，真是值了。说着说着，眼中竟泛起欢喜的泪花。

我相信，这段时光，一定是他们一生中最美的时光。

接　港

女人们歇了手，把从家里带来的盆盆罐罐送过去。男人接了，叮嘱道，在家要把孩子带好了。女人应着，反过来叮嘱男人，在海上要小心点，要多吃点。所有的爱，全在那一送一接之间了。

"接港"这个词在字典上查不到，恐怕是渔民们的独创了。他们世代傍海而居，男人们出海捕鱼，女人们在家织网补网带孩子。男人们一出海就是成年累月，留女人们守着家门，把思念像网线一样拉长。轮到大汛，即涨大潮的时候，女人们就都忙开了，家家案板乒乓作响，炊烟袅袅，菜香扑鼻，不亚于过大年。忙好的菜肴，女人们不舍得动一筷子，都用盆盆罐罐给装了，提着它们，欢欢喜喜接港去。

接港的场面是颇为壮观的，原本人迹稀落的海边，"突突突"开来许多平板车、卡车，变魔术似的，从上面扑簌簌跳下许多人来，是些女人，一律用头巾蒙着头，只露亮亮的两只眼。海边风大，咸味重，得挡着点。这使女人们看上去都一个样，难以分辨谁谁谁，只觉得满眼花花绿绿一大片，笑语喧嚷。应和了那一刻的潮水。而潮水，正从远方奔腾而来，咆哮着，像跑过了千军万马，气势磅礴。

海边的人越聚越多。各家的女人都伸长了脖子，望着远处的海，一艘一艘的船开过来，船上竖着红的旗绿的旗，在风中招展。女人们眼尖，远远看到自家的，会发出惊叫。用手遥指着，让旁人看，瞧，那是我家的大船！只一会儿，港口就泊满船，男人们站在船头冲自家女人喊，挥舞着手臂。女人们则卷起裤腿，蹚过水去。

海边立即忙碌得如一大锅煮沸的粥，家家都忙着从船上往岸上运海货。最多的海货是鱼。也有些虾呀蟹的，因数量不多，一到岸上，就被守候多时的小贩一抢而空了。

鱼一箱一箱被搬上岸，鱼鳞银粉似的附在鱼身上，闪耀着亮晃晃的光。空气中浸满浓烈的海鲜味，腥而厚重。鱼贩们在女人堆里钻来钻去，兴奋地砍着价钱。也有从城里赶了远路来看涨潮的，这个时候，就饶有兴趣地一个摊点一个摊点地看过去，不时问两句，倒因此认识了不少海货，长了不少见识。而后挑几种买回家，吃个新鲜，满心欢喜。

大船在港口停留也只那么一会儿，当船上的海货全部卸掉后，大船就要重返海上作业了。女人们歇了手，把从家里带来的盆盆罐罐送过去。男人接了，叮嘱道，在家要把孩子带好了。女人应着，反过来叮嘱男人，在海上要小心点，要多吃点。所有的爱，全在那一送一接之间了。

花未央，人未老

有花在开，这个世界，就仍有美好在。
几千里的奔波，我只是来看花的。
花未央，人未老。如此，甚好。

我和那人，静静地站在一座桥上。

桥下是河。河不宽阔，因久未浚通，整条河便显得很有些野性十足的了。

河边多杂草。白茅、蒿子、艾、狗尾巴草、野豌豆、看麦娘，总有不下几十种的。它们相融相生，不吵不闹，和睦亲厚。

这里远离闹市。天是它们的天，地是它们的地，河水为邻，清风做伴，它们心思单纯，日子简单。

这才有了动人的天真。

是的，天真。每一棵草，都是天真的。它们只认真地做着它们的草，不慕热闹，不慕荣光，随遇即安，自成风景。

那人忽然笑起来，说，我知道你在看什么。

我也笑了，说，我也知道你在看什么。

婚姻多年，我们对彼此太了解了。我在看河岸边的花。他在看水，猜测着水里面会有什么样的鱼。

一定有鱼的，他说。

我微笑，眼光一直盯着那些花。

花在杂草丛中。我是第一眼就看到了的，并在心里面准确地叫出它们的名字。两三串红，四五朵紫，还有两簇浅淡的粉。红的是红蓼，紫的是野牵牛，粉的是一年蓬。

没有一朵花不是美的。

它们的容颜是美的，它们的姿态是美的，它们安静的微笑，也是美的。我以为，人类一切的美，都源于花朵。它们是诗和画，是音乐和舞蹈，是艺术中的艺术。它们是真性情真热爱。

想起呼伦贝尔大草原上的野玫瑰。它们点缀着山坡，点缀着河谷，点缀着草原，点缀着草原人的梦境。年老的牧羊女，安静地坐在山坡上。她用手比画着给我看，春天，这满山坡都开着野玫瑰呀，又大又香，可好看了！

她说着说着，笑起来，既满足又安然。

我为她那句"可好看了"动容。视觉带来的愉悦，有时超过一切，而花朵，是视觉最大的福祉。

亦想起布达拉宫山顶的平台上，大朵大朵艳艳的大丽花，沸沸地开成一片。着喇嘛红僧衣的僧侣们，走过那些花旁，衣映着花朵，花朵映着衣，让人只觉得眼前都是光明灿烂。那画面，实在美极了。佛的世界，也离不开花的。一花一菩提。

武汉的木兰山上，我气喘吁吁地登上山顶，被石缝里的一朵小野菊，摄去了魂。它从石缝里，挣扎着挺起大半个身子，撑起黄艳艳的一张小脸蛋，微笑着向我致意。那会儿，我想到悲剧的美。可是，又不是这样的，对于那朵小野菊来说，这根本无悲可言。活着，能盛开，就是圆满，就是快乐。

杭州的山沟沟里，满目是秋的衰败，一撮红，现身在悬崖峭壁之上，是些盛开的野杜鹃。清冷的山谷，立时有了温度。那日，我在悬崖下站了很久，仰望着那撮红，直到脖子酸。

是的，随便走到哪里去，我首先寻找的，必是花。遇见，必止步，细细端详，静静欢喜。

有花在开，这个世界，就仍有美好在。

几千里的奔波，我只是来看花的。

花未央，人未老。如此，甚好。

第四辑

灵魂的高贵

灵魂的高贵

> 善的举动，并非都要敲锣打鼓地进行，它们
> 很多都已融入我们的日常。

我常常会为生活中的一些小小的镜头而感动。

比如说，在商场门口，一个女子，掀着门帘，站立着等在那儿。她等后面所有人都进去了，才放下门帘，独自走开。为了保持室内温度，商场门口多挂有厚重的门帘。

比如说，黄昏时，一个男人，路过路边菜摊。他本来已经走过去了，却忽然回头，蹲到一个老人跟前，把老人菜摊上的菜，每种都买了一些。临了，他不肯要老人找给他的零头。他蹲下的那个动作里，有慈悲。他知道这些乡下种菜的老人不容易。

比如说，路口处，一个小女孩牵着要闯红灯的妈妈的衣襟，指着红绿灯，执拗地说，妈妈，等绿灯，等绿灯。

比如说，一个盲人走进一家早餐店，里面的一个小服务员看到，立即过来搀他，把他引领到桌边坐下，又细心地给他布好桌

上的餐具。

比如说，一个三轮车夫，用三轮车载着他半身不遂的父亲，出来欣赏秋天的景色。他一边慢慢蹬着车，一边扭头轻声对父亲说着话。七尺男儿，话语却温柔得滴得下水来。

比如说，下雨的天，一家小店借出自己的屋檐，给路过的人避雨，且提供板凳和免费的茶水。

比如说，一个小男孩，给因车祸而导致瘫痪的母亲梳头发。他一边梳，一边唱着赞美歌，妈妈，你是世界上最漂亮的妈妈。

比如说，火车上，一位矮个的妇人，无法把重重的行李，搁到行李架上。旁边立即有人伸出手来，轻松地帮她搞定。妇人到站了，又有人主动帮她把行李取下。

比如说，进城探亲的老人迷了路，在一个学校旁边打转转。一男孩看见，把老人送到了目的地。虽然，他为此而迟到了一节课，被不知情的老师责备。

比如说，血库告急，而病人急需输血。消息一出，四面八方的陌生人赶了来，在医院门口排成长队，静静地等着献血。

比如说，穿破的旧鞋不扔，而是送到一条巷道口的补鞋摊上去。那个腿部有疾的男人，在那里摆摊已几十年了。他的摊子上，始终都有未补好的鞋在。几十年里，他的生意，从未中断过。

善的举动，并非都要敲锣打鼓地进行，它们很多都已融入我们的日常。走路时，低首，你看见路上有障碍物，如小砖块、小石头，或是断了的树枝，你捡起它，以防后面的人摔倒；拥挤的路口，你不去挤，而是静静等待；被人不小心踩了脚，你不破口大骂，而是宽容地一笑，说声，没关系的；遇到流浪的小动物，口袋里若有口吃的，你拿出来，分点给它；对小孩子和老人你态度和蔼，不表示厌烦，而是极有耐心地倾听他们说话。

不恶语伤人；不疾言厉色；不坑不拐；不嘲笑讽刺；不打击挖苦；不尖酸刻薄；不耍阴谋诡计；不斤斤计较；不漠视麻木。这都是善良。别人落难了，你因条件有限，不能提供多大的物质帮助，但你可以借他一个温暖的肩头，让他靠一靠。你可以给予他微笑和懂得，还有慈悲和怜惜。

微笑，有时抵得过千金相赠。

我把这一些，视为灵魂的高贵。

一棵树，一个人

人的智慧，终究比不过一棵树。一棵树从来不犯糊涂，它知道什么该拥有，什么该放弃，它貌似只站在原地守候，却把根扎得更深、更远，将远方尽收眼底，看个明了。

从前的人家，孩子刚出生，就会在院子里栽一棵树。

树一天天长高，孩子一天天长大。

树长高了，它的根会在院子里越扎越深，枝叶蓬勃得遮挡住半个院落，再大的风也吹不走它，除非人为将它砍伐挖掘。

孩子长大了，心却生出翅膀来，在小小的院子里待不住了，总是想尽办法挣脱着往外飞。他飞走了，飞得离故土越来越远，有的远隔千山万水，有的漂洋过海去了异国他乡。

最后，守着故土的，只有树。

某天，你意外撞见一间祖屋，你推开吱吱呀呀叫着的门，蛛网遍布杂草丛生的院子里，看不到人了，只看见树。

树站在那里，枝干上布满岁月的苔痕，顶一头蓊郁苍翠，不言不语。

叶落过几次了？风吹过几年了？人又换过几代了？

你不知道。树都知道。树却不说。

人活不过一棵树，这是真的。人也犟不过一棵树去，这也是真的。树的每根筋骨里，都写着执着和坚韧，几十年、上百年，甚至上千年如一日，默默地守着一个地方。今生今世，山河岁月，它只做一件事，那就是，专心致志地爱着脚下的那片泥土。哪怕贫瘠荒凉，哪怕天地轮转，都不改初心。

人呢？人的杂念太多，欲求太多。人的心，是缺着一个口的，再多的东西，也填不满它。这很像贪婪的孩子，得了一颗糖果，他就要一罐。得了一罐，他又要一篮子了。人很少会说，够吃了，就好了；够穿了，就好了；够住了，就好了。一切刚刚好，这就很好了。人难得安静地待在一个地方，难得守着一树一屋，相伴终老。人总爱焦急，十分焦急，说，不行，我还要争取更多的；不行，我还要争取更好的。于是，爱情里，难得忠贞，因为总有更好的在引诱着；物质名利里，难得满足，因为总有更多的在招着手。

人是傻了，总不肯放过自己，患得患失，又容易得陇望蜀，这山望了那山高。这也就注定了一辈子不得安宁，马不停蹄，朝前奔啊奔啊。可是，前方的前头还有前方，这山过了还有那山。人感慨，世界太大了，唉，何处是尽头。他不知道，所谓的尽头，其实就在他的脚下，只要他肯慢下来，慢下来，他就能够抵达。

人的智慧，终究比不过一棵树。一棵树从来不犯糊涂，它知道什么该拥有，什么该放弃，它貌似只站在原地守候，却把根扎得更深、更远，将远方尽收眼底，看个明了。人呢？人一刻不停地奔走在路上，一路的风景，来不及看，到最后，往往忘了为何出发，又忘了要去往何方，他只是习惯性地朝前奔着、奔着，停不下来，停不下来了。也只有等到年老体衰，再也奔不动的时候，人回过头去，望来时路，才惊觉，这一路的奔波，早就令他把生命中最宝贵的东西给丢光了。最初的纯与真，那些有爱，有美好，有相守，有诺言，闪着金色光芒的时光，都给丢了啊！人孩子般地哭起来，说，我要回家，回家。

回家？回哪个家？大浪淘沙，剩下的吉光片羽，原是故乡那个小小的院落，和院子里的一棵树啊。那是灵魂生长的地方。

我有位远房伯父，早年出外经商，于商海里浮浮沉沉，终在南方的一座城里，打下一片江山。亲戚间传说他有资产过亿。他成了我们这个家族里，神一样的人物。大家一提到他，都是赞不绝口的，七十多岁的人了，还战斗在商海第一线。谁知他却突发重病，倒下了。弥留之际，念叨着要回故里，要回他家的老院子。最终，却未能如愿，遗憾而去。据说，死时，他眼角淌出泪来，旁人帮着擦掉，又有新的流出来。人说，那是不甘心哪，他想回老家呢。

他家的老院子早就不在了。但那院子里栽着的一棵柿子树，却仍在，枝干粗壮得很，近百岁了，每年还会挂满满一树的果。左右邻人去采摘，吃了后，都说，特别甜。

留　香

生活是庸常的，却也是有趣的，这正是生活的迷人之处。

知道一种叫留香的米糕，缘于我的一个学生。学生到我这里来上写作课，每周一次，在周日下午。

周日这天，午饭的饭碗一搁，我的学生就从家里出发了。她手上抱一个纸袋，里面放着笔和纸，慢慢走，一边走，一边四处闲看。她要穿过两条巷道，一条颇现代，两旁开着这个吧那个吧，大白天也是彩灯灼灼的。另一条却很古旧，像洗旧的蓝衫子，两边少有楼房，都是过去的老式平房，大门朝着街道开着。一些人家因地制宜，开起小店，卖些花花草草，做些小吃食。以家传配方秘制的小吃，大抵都藏在这条巷道里。

我那个学生顶喜欢从那条古旧的巷道走过。她每次来，都兴奋地跟我说："老师，从那里走真享受啊，鼻子里闻到的，都是香哩，花草的香，食物的香。"

高三学生，学业过重，像载重的骆驼似的，平日里少有机会放松。她借着学写作的名头，到我这里来，其实，也就是给自己偷得半天闲。我很高兴给她提供了这样的机会。我们常常不谈写作，一人一把椅子，搬去阳台上，对坐着，聊些好像与写作无关的话题。比如，在那条古旧的巷道里，她会遇到哪些好玩的人。

　　说起这个，我的学生健谈得不得了。她会一一向我介绍，卖花的，卖烧饼的，做鱼汤面的，卖馒头的。有个卖水果的老头，整天唱喏般地招徕顾客："又大又红的枣子哟，不甜不要钱啦。"隔天换成："又大又香的香蕉哟，不香不要钱啦。"我的学生学着老头的腔调，笑得不行。

　　生活是庸常的，却也是有趣的，这正是生活的迷人之处。我也跟着笑，鼓励她把这些写下来。某天，我的学生一见到我，就迫不及待地告诉我："老师，那里新开了一家米糕店，叫留香。名字好好听啊，糕也好好吃耶。"

　　"你吃过？"我对美食，向来难抵诱惑。

　　"嗯，好吃极了。老师，下次来我带给你吃。"我的学生大方地承诺。她突然抑制不住地笑起来。我说笑什么呢？她说："老师，那个做糕的女的，长得很像你。"

　　这不单单让我觉得有趣，更好奇了，恨不得立刻奔过去看一看。我很想知道，能取出"留香"这个诗意绵长名字的女子，是不是真的跟我很相像。改天，没等我的学生带糕给我吃，我就寻了去。不大的门面，很整洁，上书"留香"俩字。大门两侧，各在墙上吊一盆绿萝，绿的茎蔓，长长垂挂下来。进门去，藤桌藤椅，清淡的玄米茶在杯子里，客人可随取随喝。这不像是米糕店，倒像是咖啡馆。清新雅致的风格，让我很喜欢。

　　也终于见着做米糕的女子。初见她，我暗自笑了，我的学生太高抬我了，这个女子比我要年轻得多，漂亮得多。她看上去不过二十五六岁，有着一张蜜桃似的脸。一件简单的粉色卫衣套着，清秀干净。有客来，她微笑着招待，虽不言不语，却在举手投足间，给人以微风轻拂湖面的感觉。

　　客多。只一会儿，她的几大蒸笼米糕就见了底。我在边上，好不容易"抢"到两只，顾不得烫，咬一口，暄软香甜，真是好吃。跟她讲："你怎么会做出这么好吃的米糕呢？"她也只是微笑，不说话，笑得天晴日暖。

　　再去，我意外得知，她原来竟是个失聪的。四岁那年，一场高烧，导致她再也听不见了。她父亲因她的失聪，最后和她母亲离了婚。成长的路上，她遍尝艰辛，失望过，甚至绝望过。所幸后来遇到一位卖米糕的老人，传她手艺，她便自己开了这个小店，取名留香，是为感激老人，要留住这生命的芬芳。

　　把她的故事说给我的学生听。我的学生动容，半晌没言语。这年高考，我的学生语文得了高分，被一所很不错的高校录取了。据她说，写作文时，她写了这个做米糕的女子。

苦 趣

山峦隐约，碧树和红花，像在云雾中穿行，它们这样着急，要奔着哪里去呢？瑶台仙境，不过这般吧。

我称他黄师傅。

黄师傅是个挑夫，每天要上下黄山两趟，上午一趟，下午一趟。一趟承重二三百斤，挑着山上所需的物资，食物、水、蔬菜瓜果……山上的垃圾，也是靠他们一担一担挑下山的。

年轻时，我一担能挑上三四百斤呢，现在年纪大了，挑少了，黄师傅呵呵笑着，露出两排不算洁白齐整的牙。他站着，人半倚着担子。担子却不曾放下，而是用根木棍子撑着。我仔细观察了一下，发现每个挑夫的手里，都有这样的一根木棍子。走路时，可当拐杖使。歇息时，可作为靠依和支撑。

云雾一团一团袭来，刚刚还是大晴天，转眼间便飘起小雨。山峦隐约，碧树和红花，像在云雾中穿行，它们这样着急，要奔着哪里去呢？瑶台仙境，不过这般吧。我和那人看得呆了。

黄师傅看着我们发笑，他说，这山上，什么时候都是好看的，有太阳时看云，没太阳时看雾。四五月的天，看花。九十月的天，看叶。到冬天了，看雪。他的声音，沾着云雾的味道，和着草木的气息，令我不由得多看了他两眼。他看上去五十来岁，个子不高，瘦。他的眼睛不大，却有神得很，亮亮的，似夜露。

那会儿，我和那人正停在半山腰。下山路走得我们腿脚发软，实在走不动了，正后悔没坐缆车下山时，却意外遇见一蓬一蓬的黄山杜鹃，于是下山之辛苦就变得无足轻重了。我盯着石凳后边的一棵黄山杜鹃看，花朵儿累累缀着，一枝花梗上，总有八九朵不等，呈欲放未放的姿态，好颜色呼之欲出。恰似女子犹抱琵琶半遮面，有娇羞之美。

黄师傅挑着担子，路过我们身边。我们起初并未留意他，继续赏我们的花。他突然停下，递过来一句，这杜鹃花，这个时候最好看了。听他这么说我很惊喜，遂扭头看向他，问道，为什么呢？

你看呀，红颜色还都裹着嘛，饱饱的嘛，全开开来，颜色就淡了。

他的话让我听着高兴。花半开为最美，是我一直偏爱着的。

我和他很热乎地聊起来。知他从事挑夫这行当，已有二十八年之久。

扁担初次挨到肩上时，他挑着才走了一小段路，肩上那火辣辣的滋味呀，就像用烙铁在烙呐。

后来习惯了，也就好了。现在，我肩上的皮揭下来，都能直接做盔甲了，呵呵，他笑着说道。

他说得很轻松，我听得却不轻松。我问，我们光是人走着都吃力，你还要担着这么重的担子，每天爬上爬下，又苦又累，就没想过改行做其他的事吗？

想啊，想过，黄师傅的眼光落到他的担子上，久久没有挪开。那目光，有点类似于农民看向他的庄稼，牧人看向他的羊。

他的确中途改过行。他走家串户去收过荒货，也做过一段日子的泥瓦匠。后来，他还开过一家门市店，卖些日常所用，生意不错。但每当看到倚在墙角的扁担时，他的心，便坐不住了，他听到大山在呼唤。

他就又进了山。每日里，在这大山里上上下下，他熟悉路边的每一块石头，每一棵树，每一种花。山里的小松鼠，也和他成了老熟人。他有时坐在石凳上吃干粮，就有小松鼠跳出来，嬉戏在他身旁。做挑夫虽苦，却自有它的妙趣，他割舍不了。

这大山多好啊，他这么感叹。复挑起他的担子，跟我们招呼一声，下山去了。他的身影，很快没进一团云雾里，和大山融为一体。

一生只忠诚于一件事

/ 一生只忠诚于一件事，世界之大，能有几人？

知道那个叫米索，又名侯赛因·哈撒尼的人，是在一份晚报上。狭长的一角，有篇特稿，报道的是他。寥寥数笔，却用了很长的标题——《萨拉热窝一擦鞋匠辞世，众多市民自发聚集致敬》。

我剪下了那篇特稿，收藏了。

他出生于波黑，一个普通的平民之家。父亲是个擦鞋匠，凭着这份手艺，养活全家。21岁时，米索接过父亲的擦鞋摊，成为萨拉热窝街头一名年轻的擦鞋匠。

不难勾画出这个时候米索的样子：高高的个头，白净的皮肤，有着黑色或淡黄色的微卷的发。深凹进去的大眼睛，炯炯的。浑身蓬勃着年轻人特有的朝气，像只拔节而长的笋。萨拉热窝人亲热地称他，米索小伙子。

每日里，他晨起摆摊，傍晚返家，风雨无阻。他所做的事，单调得近乎机械，就是埋头擦鞋。可他却深深热爱着，近乎虔诚地对待着手底下的每双鞋。他兴许一边擦鞋，还一边哼着歌。他做着一个快乐的擦鞋匠。看到他，人们再多的愁苦，也消减许多。

一年过去了，他在街头擦鞋。又一年过去了，他还在街头擦鞋。再一年过去，他仍在街头擦鞋。渐渐地，他擦成萨拉热窝街头的一个标志、一道风景。人们出门，总习惯性地先去找寻他的身影。哦，哦，米索在呢，人们的心，会因他而雀跃一下。天地立即安稳下来。

日转星移，寒暑更替，许多个年头，不知不觉过去了，他由年轻的米索小伙子，变成了人们口中的米索大叔。

1992年，同属于南斯拉夫的三个民族，就波黑的前途和领土划分等问题，发动了大规模的内战，造成几十万人死亡，史称波黑战争。这次战争中，萨拉热窝被炮火围攻四年，城里居民四处逃亡，六十多岁的米索，却没有离开过一步，他冒着炮火，照旧晨起摆摊，傍晚返家。他在街头的身影，成了人们眼中的旗帜和幸运符。惊慌悲痛的人们，只要一看到亲爱的米索大叔，情绪就立即得到宽慰，重新燃起了生活的信心和勇气。"只要他不走，我们就知道即使今天天塌了，我们明天还会活得好好的。"人们说。

他活了下来，和他的萨拉热窝一起。他继续做着他的擦鞋匠，晨起摆摊，傍晚返家。外面是天晴日丽也好，风雨潇潇也罢，他的江山不改。他把一份卑微的职业，做成崇高和传奇。

2009年，米索荣获政府表彰，获赠一套房和一大笔退休金。他对着媒体镜头，极为平淡地表达了自己的心声："很多人问我为什么要坚持做这一行？我认为这份工作已经融入我的血液中，我会一直擦鞋到生命尽头。"

他做到了。83岁这年，他走完了他擦鞋匠的一生。他的遗像，被摆放在萨拉热窝街头，供人瞻仰。人们还在他的遗像旁，放置了一双干净的皮鞋。

一生只忠诚于一件事，世界之大，能有几人？

不要让心长出皱纹

人活的，原不是年纪，而是心态。只要心态不老，你就永远不会老。

一帮中年人聚会，一女人盯着我细看，冷不丁来了句，你脸上怎么还没长皱纹？

去理发店。帮我洗头发的小女孩的手，鲜嫩得跟青葱似的。她在我头上弹啊弹啊，弹着弹着，突然顿了手，甜甜地问，阿姨，你的头发怎么这么黑，一根白的也没有？

跟陌生朋友见面，他们总要疑惑地，对着我上上下下，打量了又打量，问，你儿子果真那么大了吗？你看上去不像啊。

像？什么才叫像？就像小时候写作文，写到母亲，必是皱纹密布的一张脸；黑发里，必是霜花点点；必是背驼腰弓，沧桑得不得了；必得有一点老态，才叫正常。仿佛到了一定年纪，就非得烙上这个年纪的印记不可。涂红指甲，不可以！穿花裙子，不可以！你因一件好玩的事，忘情地跳着笑着，不可以！你还拥有好奇、激动、热血，不可以！

街上的喧腾热闹，都不带你玩了。新奇新鲜的玩意儿，都没你的份了。衣服也只能挑黑蓝紫的，质不必高，能遮身就行。出门不必化妆打扮，因为没人注目到你身上。时尚的话题，你没一句插得上嘴。你一边待着去吧，别碍手碍脚的，最好自个儿识趣地，搬把椅子，去太阳下打打盹，或养只小猫小狗，打发时光。你慢慢、慢慢地退到角落里去，没有人留意你的喜怒和悲欢，你被世界遗忘，渐渐地，你也被自己遗忘。

这叫什么逻辑！

我偏不！我想唱的时候，我就大声唱。我爱跳的时候，我仍忘情地跳，只要我还能跳得动。我还是爱囤积发圈、胸针、手链、挂件诸如此类的小物件。我还是好探险，喜欢跑到幽深的更幽深的地方去，因意外发现一棵开满花的老树，而万分惊喜地欢叫。对了，我还买了一堆气球放家里，没事时，吹着玩。

我堂哥，五十好几的人了，头顶已秃过半，眼角皱纹堆积。我们虽不常见面，但每次见面，我都喜欢跟他黏在一起，因为他好玩。有一次，我在房间做事，他在客厅，我突然听到客厅里传来他哈哈的笑声。我跑去看，发现他正在看动画片，动画片里，一只小老鼠把一只猫捉弄得狼狈不堪。我堂哥指着动画片叫我看，笑得上气不接下气，他说，你看，你看，你看那只小老鼠！那一刻，他可爱得让我想拥抱他。

人活的，原不是年纪，而是心态。只要心态不老，你就永远不会老。

记得我在念大学时，一老太太教我们历史。我们一帮青春娃，开始都很排斥她。可等听她上了几节课后，我们却一下子都狂热地爱上了她。她喜穿水粉的衫子，又描眉，又画唇，真是好看。上课时，她的肢体语言十分丰富，讲起历史典故来，眉飞色舞，引人入胜。课后，我们围住她聊天，她教我们怎么打蝴蝶结，告诉我们去哪条老街可以淘到好看的包和鞋子。春天，她和我们一起外出踏青，在闹市口，她买一艳丽的鸡毛掸子扛着。桃红鹅黄的鸡毛，插在一根长长的竹竿上，她扛着这团艳丽，在人群里走，实在招摇。我们虽不明所以，然而跟着她的这团艳丽走，满心里，竟都是说不出的快乐和好玩。等走过闹市区，她这才对我们悄语，说买这个，是想扑蝴蝶来的。

好多年过去了，每每想起她，人群中的那团艳丽，和她一脸的小天真小狡黠，都令我不由得从内心里，散发出欢笑来。

我知道，有一天，我的脸上也会长出皱纹。我的头发，也会渐渐变白。我也终将老去。时光，这把镂刻岁月的刀，我也控制不了。但我，大可以让心，不长出皱纹。像我的历史老师那样，永葆着一颗童心，去好奇，去发现，去欢喜，去开怀。这对自己来说，是有福的，对身边的人、对这个世界，亦是有福的。多一点童趣，少一点怨憎和暮气，多好玩啊。

大风起兮叶纷飞

> 虞，我不要什么江山了，我只要和你在一起，
> 我们去做一对隐世的夫妻，可好？

朔风呼啸，旌旗猎猎，狼烟遮天蔽地，又是一场惨烈的厮杀。

刀光剑影中，只见一片黑影如乱草般倒伏。多少人死在了他的刀下？说不清的。他已全然麻木了。他座下的乌骓马那白得像雪的四蹄，早被鲜血浸染得通红。放蹄之处，留下片片残红，触目惊心。

当他把最后一个拼死抵抗的秦兵的头颅，砍杀于马下时，他瞥了一眼那人头，他看到一对乌漆漆的眼睛，朝着他，冷冷地笑着。不知怎的，他的心，剧烈地跳了一下，这是他从未有过的感觉。他猛地用腿一夹马肚子，乌骓马仰天长嘶一声，撒开四蹄，径直从那人头上越过去。他在马背上，忍不住回过头，那人头竟也转过方向，朝着他，不屈不挠地。一对乌漆漆的眼睛，冷冷地笑着。

见鬼！他低吼一声，策马而去。

终于，一切都结束了，他率领的楚军大胜，秦军大败。他牵马迎风昂立，霸气冲天。这片战场，是他的，都是他的。而天下，也将是他的，都是他的。风过处，浓浓的血腥味飘荡在空中，久久不散。不远处，漳水河的水，墨黑墨黑的。

　　是夜，他做了一个梦。

　　梦中，他遇到一位绝色佳人。他唤她，美人。美人回头嫣然一笑，他便彻底丢了魂。

　　他不由自主地跟着美人走。

　　然而美人却始终与他若即若离着，隔着一团雾的距离。

　　他想冲破那团雾，却怎么也不能够。

　　他们走啊，走啊，最后，来到一条江边。美人伫立江畔，背影袅袅婷婷，如花隔云端。

　　这条江，他太熟悉了，隔江而望，就是他的家乡。他有些惊诧，想着，美人到这里来做什么呢？

　　他想叫住美人，问上一问。美人却倏忽不见了。这时候，他的身前身后，突然冒出许多的草，那些草，迅速地抽出长长的茎，每枝茎的顶端，都系着一个花苞苞，像蛇芯子。他正不知所措着，那些"蛇芯子"，一时间竟全部怒放开来，艳红艳红的，如血凝聚而成。

　　还没等他反应过来，那些花，竟潮水一般地，汹涌起来，瞬息间把他淹没。他大叫，美人！美人！努力想挣扎出身子来。

　　他被自己的叫声惊醒。在床上惊坐而起，大汗淋漓。

　　随从们纷纷跑进来。他环顾四周，问，美人呢？

随从们莫名其妙地看着他，说，将军，您的大帐里，并没有人进来过呀。

他愣了一会儿，始才知是做梦了。他冲随从们无力地摆摆手，说一声，都散去罢。怅然若失。

大帐外，月影西斜。几颗星子，迷蒙着，像迷茫人的眼。

八百里秦川，他一路策马扬鞭，前往咸阳。人见之，闻风丧胆。

那日，行至关中，他见一处好山好水，遂让兵们驻扎下来，作短暂逗留。

三月轻寒。然大地上已有了生命的雀跃，光秃秃的枝丫上，冒出些许细细的小绒毛。山上的小草们，也有了发芽的迹象。遥看，一抹抹嫩绿的轻烟，吹着拂着，恍若梦境。

他的心里，起了温柔意。这几年间，他转战沙场，厮杀无数，人变得石头般又冰冷又残酷。不过才二十四五岁，他早已练就得刀枪不入，冷峻威严。此刻，这些轻烟般的小绿，像温软的小手指，撩拨得他的心软软的。他预感着要发生一些什么，坚硬的心里，竟有种莫名的期待。

他决定随便走走。也只带了三两个随从，信马由缰地，他就走到了关中的一个小集镇上。

正逢赶集。集镇上一派热闹，这边在耍马戏，那边在变戏法，大人笑孩子跳的。乱世浮沉，小老百姓也总能寻得一隅，过他们自己的日子。

他远远看着，竟有些动容。

突然，一阵婉转清丽的弹唱，飘进他的耳里：

大风起兮叶纷飞

大雁飞兮云渺渺

妾欲寻君去

却不道

山高水又阻

　　他循声望去，看到一红衣女子，手抚瑶琴，当街弹唱，旁边围着一圈人。

　　女子正当青春妙龄，生得花容月貌，一双乌漆漆的大眼睛，尤为动人。

　　他一见倾心。

　　一曲终了，余音袅袅。围观者叫好声一片。女子起身道谢，丰姿绰约。隔着人群，她的目光，噙住了他的目光。她嫣然一笑，他立即如禅定了一般，不知身在何处了。

　　他八尺男儿的身躯，冲她弯下去。

　　她说她名唤虞。

　　他便牵起她的手，低头轻轻地唤她，虞，虞，虞。一生从未有过的温柔，他全给了她。

　　她说她父母双亡，本是到关中来投亲的。然她找寻了很久，也没找到她要投奔的人，只得暂时栖身在这小镇上，卖唱糊口。

　　他怜惜万分。他说，从此后，你有了我，不会再孤零零的了，我也不会再让你受一点点苦。

她一双乌漆漆的眼睛，看着他，轻轻地叹息一声，如落花一般。这声叹息，让他的心，温柔地疼起来。

他说，虞，你相信我，我会给你想要的一切，我会给你全世界。

她轻轻摇摇头，谢谢将军，我不需要全世界。

但她还是抱了她的瑶琴，跟了他。

她骑他的战马，她入他的营帐，她为他载歌载舞。一袭红裙过处，惊起涟漪无数，见者无不为她迷倒。他的兵们都深知，将军的身侧，来了个虞美人，能歌善舞，貌若天仙。

有她在身侧，他变得越发骁勇，他说，得她，如得一半天下。

他有善观星象的谋士，见到她，脸色却骤变。谋士旁敲侧击，跟他讲商纣王与妲己的故事。谋士说，她将是他生命中的劫。他勃然大怒，宰杀了谋士。他是见不得别人说她一点点不好。他宁负天下人，也不要负她。

她乌漆漆的眼里，蒙上泪。

他不解她为何要落泪。他搂紧她问，虞，你还想要什么？你要的，我全都能给你。

她轻轻摇头，再摇头。

他以为她不信。哈哈笑着，一把将她抱上他的骏马，"嗖"一声，扬鞭飞奔。至一山冈上，他让马停下，在马上挥鞭遥指前方，问她，虞，你可知道那是哪里？

那是秦都咸阳！虞，我将挥兵直捣那里，杀它个片甲不留！虞，到那时，秦宫里所有的奇珍异宝，都将是你的。

她默默听，双肩怕冷似的，颤抖个不停。

她一个人，走进一片深山老林。天黑咕隆咚的，星子在她头顶上闪着诡秘的光芒。

她很害怕，她不知道这是哪里。她似乎在找他，她叫，将军，将军。但张着口，愣是发不出一点声音。

突然，一个身穿盔甲的无头黑影，朝她走过来。那黑影的手上，竟提着一颗鲜血直滴的人头。她吓得转身就逃，却被身后的声音，绊住了脚：

虞儿，别怕，是我！

她对这声音太熟悉了。她从小，是在这声音里泡大的。沈府大院里，她和他，并排坐在一棵花树下，他教她读书识字，温热的气息，呵着她的脸。野外，他教她骑马狩猎，毛茸茸的胡须，扎着她的脖颈。他请人给她制作瑶琴，用上好的木料。一些时光里，她抚琴，他高歌。他呷一口酒，笑眯眯看着她，说，为父此生得一个虞儿，足矣。粗犷的一介武夫，对着她，竟有着万般柔情。

这一切，却转瞬就消失得无影无踪，如同幻影。昔日的沈府，早已人去楼空，荒凉败落如古墓。

虞儿，是他杀了我，是他！那声音字字铿锵。

她惊回头，无头黑影慢慢遁去。天地间，只剩下一个声音在回响，虞儿，是他杀了我，是他！

她泣不成声。

他被惊醒。看到她哭，他惊慌失措，急急问，我的虞，你怎么了？

这个时候，他的人生，正走到得意处。他一路所向披靡，攻下咸阳，火烧秦王宫，自称西楚霸王。

他认为，他的好运，都是她带来的。她是他的福星。

他要为她，打下全天下。

她却并无多少欢喜，神情一日比一日愁闷郁结。她已多日不抚她的瑶琴了，多日不为他歌为他舞了。

虞，你到底怎么了？你要金银财宝，我给你金银财宝。你要江山，我给你江山。你哪怕要天上的月亮，我也想办法给你摘下来。你还有什么不开心的？他追问。

她低头，有泪滴在胸前，王，我梦见，我横尸马前。

他大恸，虞，好好的，你怎么想到死？我不会让你死的。你若死了，我决不独活！

她动容，轻轻偎了他。一豆灯光，映照着两个年华正好的人。那一刻，没有刀光剑影，没有杀戮仇恨，只有她和他，前世今生。

他战果连连。

天下眼见着成了他的囊中之物。

他带着她，一路东归，春风得意马蹄疾。她却无半点喜色，眉头越发深锁，愁容难消。

他不解，问，虞，这到底为何，为何？

她不语，回望身后。身后，他的兵，走得七倒八歪。长途的奔波厮杀，兵们太劳累了，急需安营扎寨，补充给养。

洨水河的水，在前方闪着粼粼的光。她远远望着那水，发一会儿愣，突然朱唇轻启，大王，我们在这里歇歇吧。

他大喜。她终于肯说话了，肯对他提要求了。他忙传令下去，吩咐他的兵们驻扎下来。他说，虞，你想住多久，就住多久，只要你高兴。虽然他心里面知道，他们绝不能在此久留，粮草严重不足，他们得速速赶路，去筹备粮草。

是的，你想住多久，就住多久。他搂紧她，再次温柔地在她耳边轻轻说。

她怕冷似的，抖起来。

垓下的大帐里，她为他烹酒，他兴奋得连连痛饮。

她裹在一袭红斗篷里，为他且歌且舞，唱的竟是楚地歌谣。

他一惊，握在手里的杯子，"啪"地落了地。

虞，你怎么会唱楚地歌谣？他问。

她笑答，因为妾是楚地人呀。

他的心，突然很疼地揪了揪。这么久了，他对她掏心掏肺，竟不知她是楚地人。原来，她从未对他打开过心扉。

军中多有楚地人，闻听他的大帐里传出楚地歌谣，如黄鸟鸣啭，一时间勾起思乡情结，竟都不能自已地跟着哼唱起来。起初声音很小，后来，声音越来越大，浩荡激越，四面楚歌。

正在这时，营外突然传来厮杀声。有兵慌张进帐来报，大王，汉军来犯，人数众多，来势汹汹。

他慌忙出帐，点兵出阵。兵们哪里肯听，都纷纷放下武器，脱去盔甲，闹着要回家。

他败了，败得很惨。

他带她逃奔。

这个时候，他害怕的，不是失去他的权力，而是失去她。

虞，我不要什么江山了，我只要和你在一起，我们去做一对隐世的夫妻，可好？他说。

她不语，只一任泪水，在脸上肆意流淌。

他们逃奔到一条江边，隔岸，就是他的家乡。浩渺的水面上，空无一物。他们，过不去了。

追兵却越来越逼近。

她凄然一笑，大王，这是命数。

且让虞再为你舞一曲吧，她说。说完，她婀娜起舞，唱道，大风起兮叶纷飞……舞至他跟前，她突然抽出他的佩剑，抹向自己的脖颈。她说，大王，今生我欠你的，我用命来还。来世，虞一定等你。

原来，是她给汉军传递了情报，引得汉军一路追来。亦是她，用一首楚地歌谣，瓦解了他的军心。

他做梦也没想到，漳水河畔，他最后宰杀的一名秦军大将，竟是她的父亲。

他想阻拦她，却已经来不及了。

他抱她入怀，泪流满面，追问，虞，你爱过我吗？

她努力睁开眼睛，微微笑了。笑着，笑着，那眼睛就闭上了。

她的身下，开出一大片花来。艳，血一样的。

他呆呆地看着，缓缓举起了剑。

风起。他与她的血，消融在一起。一片血色的花，汹涌澎湃地摇曳着，映红了半边江。

向着美好跑

生活或许是困苦的、艰涩的，但心，仍然可以向着美好跑去。

阳光的影子，拓印在窗帘上，似抽象画。鸟的叫声，没在那些影子里。有的叫得短促，唧唧、唧唧，像婴儿的梦呓。有的叫得张扬，喈喈、喈喈，如吹号手在吹号子。

我忍不住跑过去看。窗台上的鸟，"轰"的一声飞走，落到旁边人家的屋顶上，叽叽喳喳。独有一只鸟，并不理睬左右的声响，兀自站在一棵矮小的银杏树上，对着天空，旁若无人地拉长音调，唱它的歌。一会儿轻柔，一会儿高亢，自娱自乐得不行。

鸟也有鸟的快乐，如人，各自安好。

也便看到了隔壁小屋的那个男人，他正站在银杏树旁。我不怎么看得见他。大多数时候，他小屋的门，都落着锁，阒然无声。

最初搬来小区的时候，我很好奇于这幢小屋，它的前面是别墅，它的后面是别墅，它的左面是别墅，它的右面还是别墅。这幢三间平房的小屋，淹没在别墅群里，活像小矮人进了巨人国。

小屋也极破旧。墙上刷的白石灰已斑驳得很，一块一块，裸露出里面灰色的墙面。远望去，像一堆空洞的眼睛，又像一堆张开的喑哑的嘴。屋顶上，绿苔与野草纠缠。有一棵野草长得特别茂盛，茎叶青绿，在那里盘踞了好几年的样子。有时，黑夜里望过去，我老疑心那是一只大鸟，蹲在那儿，孤单着，独自犹疑着，不知飞往何处去。他的小屋，没有灯光。

隐约听小区人讲过，他的父母先后患重病去世，欠下巨额债务，家里能变卖的东西，都变卖了。妻子耐不住清贫，跟他离了婚，并带走他们唯一的女儿。他成天在外打工，积攒着每一分钱，想尽早还清债务，接回女儿。

他的小屋旁，有巴掌大一块地，他不在的日子，里面长满野藤野草。现在，他不知从哪儿弄来一把锄头和铁锹，一上午都在那块地里忙碌，直到那块地平整得如一张女人洗净的脸，散发出清洁的光。

他后来在那上面布种子，用竹子搭架子。是长黄瓜还是丝瓜还是扁豆？这样的猜想，让我欢喜。无论哪一种，我知道，不久之后，都将有满架的花，在清风里笑微微。那我将很有福气了，日日有满架的花可赏，且免费的。多好。

男人做完这一切，拍拍双手，把沾在手上的泥土拍落。太阳升高了，照得他额上的汗珠粒粒闪光。他搭的架子，一格一格，在他跟前，如听话的孩子，整齐地排列着，仿佛就听到种子破土的声音。男人退后几步，欣赏，再跨前两步，欣赏。那是他的杰作，他为之得意，脸上渐渐浮上笑来。那笑，漫开去，漫开去，融入阳光里。最后，分不清哪是他的笑，哪是阳光了。

生活或许是困苦的、艰涩的，但心，仍然可以向着美好跑去。如这个男人，在困厄中，整出了一地的希望。一粒种子，就是一蓬的花，一蓬的果，一蓬的幸福和美好。

等你回家

只见他低头在纸上迅速写下几个字，贴到玻璃窗上，给儿子看。里面的年轻人，看着看着，神情变了，两行泪，缓缓地，从他腮边滚落下来。

陪一个父亲，去八百里外的戒毒所，探视他在那里戒毒的儿子。

戒毒所坐落在荒郊野外。我们的车，在乡间土路上颠簸着。路边，野葵和蒲公英开得兴兴的。一些鸟，在草地间飞起，又落下。天空蓝得很高远。做父亲的心，却低落得如一棵衰败的草，他恨恨地说，真不想来啊。

一路之上，他不停地痛骂着儿子，列数着儿子的种种不是，说儿子毁了一个家，毁了他。他含辛茹苦养大儿子，为他在城里买了房，买了车，帮他娶了媳妇。而那个不肖子，却被一帮狐朋狗友拖下水，去吸食毒品。房子吸没了，车子吸没了，媳妇吸跑了，他一辈子积攒的家业，几乎被儿子掏空了。

我真想跟他同归于尽！这个父亲，说到激愤处，双眼通红地睁着，抛出这样一句狠话来。若儿子在跟前，他是要把他撕成碎片才甘心的。

我坐在一边，听他痛骂，隐隐担着心，这样的父亲，去见儿子，会有怎样的结果？

车子静静地，一路向前。野葵和蒲公英，一路跟着。终于，远远望见了几幢房子，青砖青瓦，连在一起，坐落在一块开阔地。开车的师傅说，到了。做父亲的像突然被谁猛击了一掌似的，愣愣地，不相信地问，真的到了？一看表，快上午十点了。他急了，说，也不知能不能见着。因为按这家戒毒所的规定，上午十点之后，一律不允许探视。

他一口气跑到大门口。还好，还有十五分钟的时间。办了相关手续，这个父亲一秒钟也不曾停留，急急火火往探视室跑。很快，他儿子被管教干部带进来。高高壮壮的年轻人，脸上也无欢喜也无悲。他看到父亲，嘴角稍稍牵了牵，像嘲讽。一层玻璃隔着，他在里头，父亲在外头。做父亲的盯着他，从他进来起，就一直盯着他，话筒拿在手上，并不说话。

旁边，亦有来探视的人。一个长相甜美的女孩子，在玻璃窗外头，不停地用手指头在举起的另一掌上画着什么。在里头看着的，是个清秀的男孩子。他眼睛跟着女孩的手指转动，频频点头，含着泪笑。他是读懂了她爱的密码的，从此，都改了吧。还有几个人，男男女女，大概是一家子，围在一起，争着跟里面一个中年人说话。里面的中年人，憔悴着一张脸，却一直笑着，一直笑着。这时，他们中的一个，突然到探视室外面，叫了一个男孩进来。孩子不过十一二岁，白净的面容，文文弱弱的。孩子怯怯地打量了四周一眼，走到中年人那里，拿过话筒，隔着玻璃窗，才说了一句什么，里面笑着的中年人，不笑了，他愣愣地看着孩子，眼泪下来了。

哭什么呢？你会改好的！我听到那些人里的一个大声说。

探视的时间，快要过去了，管教干部已进来提醒。一直跟儿子对峙着的父亲，这时掉过头来。我发现他与刚才的强悍，判若两人，竟是一脸的戚容。他低声说，里面的日子，不好过的，看他，也黑了，也瘦了。

他问我，你有纸笔吗？

当然有。我掏出来给他，正疑惑着他要做什么，只见他低头在纸上迅速写下几个字，贴到玻璃窗上，给儿子看。里面的年轻人，看着看着，神情变了，两行泪，缓缓地，从他腮边滚落下来。

探视结束后，我看到这个父亲在纸上留下的字，那几个字是：儿子，等你回家。

倒　影

母亲的背驼得很厉害了，像扣着一只小铁锅。然母亲的倒影，映在水里，被水温柔地抚摸着，看上去，是风华正茂的三十岁。

　　母亲爱到屋后的河边去汰洗。洗衣洗农具，淘米洗菜，就算洗只饭碗洗双筷子，她也不辞辛苦，爬高蹬低，越过高低不平的砖阶，下到河边去洗。

　　前些年她手脚还利索，我们也不便说什么，就由着她去。屋后的那条河，对我们来说，也是时时念着想着的。我们想到老家，首先想到的就是那条河。我们兄妹几个，是喝着那条河的河水长大的。我们吃里面的螺蛳、蚬子和鱼虾。每个夏天，我们小孩子都是泡在水里面的。玩打水仗，摸鱼摸虾，穷日子也过出无限的欢乐来。一河两岸的房屋树木，倒映在水里，被水描摹成画。

　　有时，我会坐到河边，看着那些倒影发呆。鱼在我们的树木和房屋间穿梭。螺蛳爬上我们的屋顶了。水草荡漾在我们的窗户上。我猜着，我的倒影，应该在哪幢房子中间。这是极有意思的事。

小野花们开满河畔，小鸟在柳条间呼来唤去。时光悠长得能编成我脑后的小辫子，我想了一些没有边际的事，完了，扯一把野花，回家插在玻璃瓶里。

现在，母亲年岁毕竟大了，又加上河边少有人走动，杂草丛生，原先被我们踩得溜光水滑的砖阶，已变得坑洼难走。母亲若是摔了，那绝不是闹着玩的。我们警告母亲，不许她再到河边去。家里不是有自来水吗？又费不了几个钱，我们这么劝她。

母亲明里答应着，好，不去了，但暗地里，她依然故我。每天都要下到河里若干回，爬高蹬低的。她又养了几只鸭。借着鸭的名义，她更是非去河边不可了。鸭子是要人看管着的，不然，它们贪玩，不晓得回家的，母亲振振有词。等鸭子生了蛋，我给你们腌起来，你们回来拿，早上吃粥，吃一只咸鸭蛋刚刚好，母亲说。

我们跟她生气，说，我们不要吃你的咸鸭蛋，只要你把自己保护好。母亲也只当耳旁风，她说，没事的，你们放心，我会很小心的。每天，她仍跟着那几只鸭子下河去。在河边一待就是小半天。我想，母亲是在看鸭子们呢，还是在看水里的倒影？那会儿的母亲，会想些什么？她会想起从前的时光吧，村庄繁茂，孩子喧闹。一河两岸，她熟悉的那些房屋，那些树木，还在河里住着，水把它们描摹成画，很丰盛。然现实里的村庄，却越来越瘦，越来越寂静。母亲和我们的对话便常常是这样的：

你们什么时候回家来？

哦，等我们空了吧。

家里的白萝卜长势喜人，母亲充满期待地问我，回家来吃？

她知道我爱吃这个，所以每年都会种一些。汪曾祺夸高邮的水萝卜，说他家乡人叫它杨花萝卜，"萝卜极鲜嫩，有甜味，富水分。自离家乡后，我没有吃过这样好吃的萝卜"，但他那是红皮子的，小。我的老家离高邮不远，长的是白萝卜，从皮到肉，全是雪白雪白的。个大，有胖娃娃的胳膊那么粗。我们叫它白萝卜。咬一口，嚓嚓脆响，满嘴流汁，赛雪梨——我以为它是天下第一好吃的萝卜。

　　我回去吃萝卜。家里一通找，没见母亲。我径自去了屋后的河边，猜想着母亲肯定在那里。果然，母亲正蹲伏在水边，洗着一堆给我准备的白萝卜。母亲的背驼得很厉害了，像扣着一只小铁锅。然母亲的倒影，映在水里，被水温柔地抚摸着，看上去，是风华正茂的三十岁。

爱，是等不得的

／ 他跪在母亲跟前，恸哭不已。只不过一日之
隔，他的爱就再也送不出去了。

他是母亲一手带大的。

他的母亲与别人的母亲不太一样。他的母亲因患侏儒症，身材异常矮小。

他的父亲——一个老实巴交的泥瓦匠，家徒四壁，等到四十岁才娶了他母亲。一年后，他出生了，白白胖胖的样子，像一轮满月，把父母自卑的心照得亮堂堂的。他们家的日子，因为他的到来而有了奔头。

他六岁那年，父亲去帮邻居家盖房，从房梁上摔了下来。那时，他正在不远处的土路上玩耍。从此，他没了父亲。

矮小的母亲一个人拉扯着他，吃了无数的苦。夜幕四合，母亲还未归。一大清早，母亲就背着一背篓绣花鞋垫去集市上卖。那些鞋垫是母亲坐在灯下一针一线绣的。母亲靠卖鞋垫贴补家用。

他坐在门前的矮凳上数星星，等母亲。矮小的母亲是他的天。他对母亲说："等我长大了，我一定报答你。"

母亲便笑着问他："怎么报答呢？"他说："我给你买一屋子的好东西吃，我给你买一屋子的好衣裳穿。"母亲笑出泪来，说："吃的妈不要，穿的妈也不要，等你长大了，带妈坐一回飞机吧。"

乡野广阔，狗尾草和车前草长满沟渠，母亲在割草。他欢快地喊："妈妈，我比你高了。"是的，他才八九岁，个头已超过矮小的母亲了。头顶上突然响起飞机的声音，母亲抬起头看，他也抬起头看。空中的飞机有点像他见过的花喜鹊。"花喜鹊"飞远了，看不见了，母亲这才收回目光。母亲说："这都是有本事的人坐的。有本事的人坐了飞机，到很远的地方去。"他问："很远的地方是什么样的？"母亲就说："有很多很多的高楼，高楼里的桌子、椅子漂亮得不得了。"母亲没离开过乡村，在母亲的想象里，很远的地方就是高楼和漂亮的桌子、椅子。他郑重地向母亲承诺："以后我要做有本事的人，带你坐飞机到远方去。"

他一天天长大，一路念书，把书念到城里，真的成了有本事的人。他住进了母亲曾描绘过的高楼，高楼里有漂亮的桌子、椅子。他也常常坐像花喜鹊一样的飞机，南来北往。母亲对他崇拜不已，母亲问："你真的坐飞机了？"他淡淡地说："嗯。""坐飞机像不像坐船，会不会晕？"母亲充满好奇。

他觉得母亲好笑。一低头，他突然瞥见母亲头上的白发，一撮一撮的。永远像儿童一般矮小的母亲，原来也是会老的。他的心一软，说："妈，等我有空了，我带你去坐飞机。"母亲低头笑着说："不坐不坐，我这么老了，坐飞机干什么啊？"他说："我一定带你去坐。"母亲便欢喜得手舞足蹈。

他终于抽出空来，订好机票，打电话告诉母亲要带她去坐飞机。母亲激动得逢人便说："我儿要带我去坐飞机了。"她还特地扯了布，做了一身新衣裳。

他回去接母亲，半路上突然接到了上司的电话。上司说公司来了一个重要客户，问他是否有空陪着一起吃饭。他只犹豫了几秒钟，就说："没问题。"车子掉转头，朝着母亲所在的反方向驶去。他想，飞机票可以改签，母亲晚一天出行也无妨。

这天晚上，母亲摔倒了。摔倒之后，母亲还神志清楚，还跟人说："我儿要带我去坐飞机呢。"可渐渐就不行了。第二天凌晨，母亲咽下了最后一口气。

他跪在母亲跟前，恸哭不已。只不过一日之隔，他的爱就再也送不出去了。

愿全世界的花都好好地开

> 这世上，人没有绝对的好坏，再强硬的外表下，也有他柔软的一面。就像在沙砾中、残垣上、岩缝里，也有花开明艳。
>
> 每个人的心中都有一朵花。
>
> 我只愿，全世界的花都好好地开。

我曾经非常不喜欢一个人，这个人算是我的邻居。

那时新婚。家里那人的单位给分房，我跟着那人住。大院子里，一排青砖红瓦房，唇齿相依地紧挨着，我们住其中一幢。

这个人住我们家隔壁。有女儿比我小不了几岁，大学快毕业了。女儿骨架大，脸庞也大，算不得好看，像他。遇人少有言语，神情淡淡的。家里的女人是个闷葫芦，一看就是那种性子很软的，整天见她家里家外乱转着，似乎有忙不完的活计。她很听他的话。

从前他是当兵的，据说都做到正团级了，日常行事待人，很有点跋扈，又喜喝酒，一喝醉了就骂人。三天两头的，听到他在隔壁叫骂，大嗓门撞击着薄薄的墙体，震得墙上的石灰粉，都要掉落下来。

他为人也小气、抠门。大院子里一孩子过生日，大伙儿凑钱去买礼物，给那孩子庆生。他起初也跟着起哄，说要买礼物。但临了，找来找去，却找不到他。隔一天，他才回来，说是回老家了。

单位分西瓜，他第一个冲上去，在一堆瓜里面左挑右拣，几乎把每一只瓜都拿手上掂量过了，然后拣了两只最大的。

因工作需要，他时常出差。每每出差归来，他都要骂爹骂娘一阵子，牢骚满腹，抱怨着外面伙食的欠缺、住宿条件的简陋，还有工作的烦琐。

他的女儿病了，百日咳。咳得山也震动水也震动的。

他们家尝试了很多治疗方法，不见好。

后来，他不知从哪里得一民间偏方，说用枇杷叶煎水喝，可治百日咳。

我们那儿没有枇杷树。

他去乡下找，装了满满一麻袋扛回来。

夏日午后，蝉在树上都困了，叫声有一声没一声的，院子里静悄悄的。他独坐在一圈树影子里，面前一盆清水，脚边一堆枇杷叶。他拿刷子仔细刷着每一片枇杷叶，把上面的绒毛和尘粒刷掉。树的浓阴，在他身上晃动，水波一样晃动。他的身上，散发出粼粼的光。

我是从那一刻起，对他生了好感。这世上，人没有绝对的好坏，再强硬的外表下，也有他柔软的一面。就像在沙砾中、残垣上、岩缝里，也有花开明艳。

每个人的心中都有一朵花。

我只愿，全世界的花都好好地开。

第五辑

郎骑竹马来

老烧饼

吃老烧饼有讲究，不会吃的人，是吃不出真味的。真味是什么？这个还真不好说，那是一口一口，和着老时光，拌着老故事，慢慢品出的滋味，只可意会，不可言传。

老街上，做老烧饼的有好几家，家家客满。每天买烧饼的，都要老早去排队，要等。

名声也就响了几条街，又从几条街传向四面八方去。想找寻记忆中老烧饼的人，哪怕离得再远，也会找着机会奔了去，尝一口儿时的味道。

儿时，早起，家里给上二分钱，去烧饼炉子那里，买上一只新出炉的烧饼，一边吃，一边往学校去。那是一天中最幸福的时光了。乡下孩子没这个福气，要吃上烧饼，得碰运气。当爹的进城有事，孩子缠着，跟了来。烧饼炉子的香诱人哪，孩子盯着炉子上热乎乎的烧饼，眼珠子都不转了。当爹的看在眼里，狠狠心，掏出二分钱，给孩子买上一只。那孩子就用黑黑的小手小心托着，小口吃着。最后，手上落下的芝麻粒，悉数被孩子的小舌头舔光。

这孩子长大，吃过无数的山珍海味，但记忆里最香的一页，是留给老烧饼的。

做老烧饼的人，换了一茬又一茬，但老烧饼的味道却一点儿也没变，继往开来，天衣无缝。炭炉子、老酵面团、白芝麻，馅有甜的，有咸的，也有甜咸皆有的，定不缺这一味料——猪油熬出的油渣儿。甜咸皆有的烧饼取名"龙虎斗"，最受欢迎。这名字威武霸气，龙也来了，虎也来了，好，热闹！老百姓过日子讲究的，就是热闹，喜气腾腾的。

吃老烧饼有讲究，不会吃的人，是吃不出真味的。真味是什么？这个还真不好说，那是一口一口，和着老时光，拌着老故事，慢慢品出的滋味，只可意会，不可言传。得有那样的旧茶桌旧茶椅配着，还有旧人在。房亦是旧的，木格窗都被烟火熏黑了。新出炉的老烧饼，用一方牛皮纸托了，施施然走进隔壁的这家茶店来，坐下，要上一壶茶，慢条斯理地撕着吃。总有几个老人，天天来此聚，他们一边吃茶，一边讲些老典故，都是关于老街的从前。

从前，远到什么时候呢？远到隋炀帝还没登基呢。那时，这里往东全是海，摸不着边的海。脚下的这片地，原先也是海呢。海一步一步往后退，泥沙堆积，这才成了陆地。有了陆地，就有了人来居住。人越来越多，就有了街市。

战乱不断啊，打来打去，小老百姓可不管这个，谁坐江山还不是一样？老百姓要的是太平啊，现世里找不到，只好求佛祖保佑了。老街上也就建了很多寺庙，一座连着一座，多的时候，有七十二座呢。

还有尼姑庵。尼姑庵里的尼姑，自己种地，自己织染衣裳。也不知老尼姑是打哪儿来的，她带着几个小尼姑，面皮儿白白的，言语不多，待人和气，她们念经的声音很好听。老尼姑坐缸是盛事，好多人都跑去看。缸好大啊，刷洗得干干净净，下面有个洞，堆满柴火。老尼姑知道自己要圆寂了，几天前就不吃不喝。这天，她梳洗完毕，衣衫整洁，自己走进缸中，盘腿坐下。不多久，也就圆寂了。

　　缸下的柴火点燃了，老尼姑坐在缸中，渐渐被烧着了，火是从脚到头，慢慢爬上去的。火堆里的老尼姑，像一尊佛，头顶上冒着光。眼见着，她化成灰了，从那骨灰里，竟飘出奇香来，钻入人的鼻孔，里三层外三层围着的人都闻到了。

　　老典故说到这儿，也差不多说完了。听的人，一只烧饼也慢慢进肚子了，唇齿留香。站起来，掸掸身子，口福耳福都有了，真正心满意足得很。

　　现在，在老街上做老烧饼最出名的一家，是外地人。一家三口，本是来此卖炒货的。吃了这里的老烧饼后，丢不开了，就弄了一个炭炉子，摊起老烧饼来，味道正宗得不得了，一炮而红。到他们家去买老烧饼，要提前一两天预约。外地人竟比本地人做得还地道，这也是奇了。这世上，千奇百怪的事，原本就多着的。

老铁匠

人的记忆，有时就是这么不可思议。本应记住的，甚至发着誓一定要记住，永远不相忘的那些人和事，经年之后，偏偏忘得一干二净。倒是无意中遇到的一些细枝末节，在记忆里生了根。

突然的，又想起那个老铁匠。

眼前并没什么事物让我触景生情。

一个黄昏，正在降临。天空好比一张宣纸，鸽子蛋似的夕阳，恰似随手涂抹上去的静物。我很喜欢这样的时光，觉得静和内敛。树木、花朵、街道、房子、车辆、行人，无一不变得轻盈，没有芜杂。

然黄昏与老铁匠有什么关联呢？没有的。

人的记忆，有时就是这么不可思议。本应记住的，甚至发着誓一定要记住，永远不相忘的那些人和事，经年之后，偏偏忘得一干二净。倒是无意中遇到的一些细枝末节，在记忆里生了根。比如，在武汉木兰山上，偶遇到的一只飞翔着的野鸭。在黄海森林公园，偶遇到的一蓬会笑的草。在纳木错，看到一个女人，面对一片蔚蓝的湖，双膝跪下，泪流满面。或许，俗世凡尘，本就是由这些细枝末节组成，一点一滴，构成了我们的人生。

好比那个老铁匠。

老铁匠住在一个小村子里。小村子据说在魏晋时期，人烟就很繁茂。历朝历代，村子里的人们都以耕种为生。到明代，却出了大户，家有读书郎，高中榜眼，做了大官，回小村建了一座榜眼府。我是路过，听人说那里有个榜眼府，建筑奇特，匠心独运，值得前去一看，也便去了。

一进村口，迎上来的，就是一条黄石板和鹅卵石铺成的巷道，凸凸凹凹，印满岁月的波光涛影。两旁的黛瓦房，不可免俗地挂上了红灯笼。榜眼府淹没其中，要不是门楣上书着"榜眼府"三个大字，还真要把它给忽略了。进到内里，却乾坤大。房子套着房子，回廊连着回廊，天井接着天井。小圆门、石拱门、月亮门，各自生着情趣。也不知到底有几进几出了，人走在其中，像走在迷宫里。正暗自感叹不已，眼前忽然豁然开朗，人已站在一座小花园的边上。只见方寸之中，亭台楼阁，小桥流水，应有尽有，玲珑别致，雅韵十足。

榜眼的故事流传甚广，说他还是个大孝子。母亲中风瘫痪，他在外连官也不做了，跑回老家来，日日侍奉在母亲身畔，历经十年，不改初衷，直到母亲故去。有人质疑这故事的真实性，说榜眼都贵为榜眼了，不用说找一个人服侍他母亲，就是找上十个百个，也不是难事，何用他亲自动手，连官职也辞了？

您说，找人代劳行孝道那还叫孝吗？寡言少语的老铁匠忽然住了手，定定地看着那人，问。那会儿，不少的游人，拥进了老铁匠的铁匠铺。老铁匠的铁匠铺，正对着榜眼府的后花园。一出后花园，人的眼睛就直了，那铁匠铺，多像岁月暗影里的一帧底片，泊在那儿，不动声色。

老铁匠赤着膊，站在通红的炉火旁，抡着铁锤，一下一下，敲打着一块烧红的铁。那块铁，正慢慢变成一把菜刀的形状。游人们兴奋了，这古旧的风景，难得一遇。有人举起相机就拍，老铁匠伸手挡，很客气地说，请不要拍我，要拍，你们就拍墙上的它们吧。

众人这才留意到墙上。被烟火熏黑的墙上，挂满了打造好的铁器，铁铲、火钳、钉耙、锄头、镰刀、铁锹，沉甸甸的，静默无语。

有人笑问，这些，会卖得掉吗？

老铁匠不语，只一下一下，埋头敲打着他的铁。筋骨沧桑的手背上，疤痕叠着疤痕，紫红的，酱紫的，褐色的，深深浅浅。

没人再嬉笑发问，都屏声静气地待在一边，眼神里多了敬畏。看一会儿，众人默默地退出去。老铁匠忽然在背后说话了，他说，识货的人，自然懂，还是这些老家伙最贴心。

后来，听当地人说，老铁匠是榜眼的后人。老铁匠打了一辈子的铁了。他们村子里，家家户户，都用老铁匠打制的铁锅铁铲炒菜。

老学生

冲着那口吃的，不少孩子奔了去，跟着他识字念书。一到饭时，浩荡着去他家吃饭。这么吃着，再大的家业也抵不住啊，何况，他也不富裕。他变卖了家里能变卖的东西，最后，连父亲留给他的一块珍贵的怀表，也给卖了。

四十五年前，他新婚。乡下草棚两间，傍河而搭。屋旁一棵刺槐树，粗壮高大。那是祖上留给他的财产，伴过好几代人了。

他在树下置石桌石凳。人多时凳子不够，就拿几张苇席摊地上，众人席地而坐。

那时，他家里的人真是多。大锅煮粥，满满一大锅，一圈下来，就见底了。他新婚的妻子手忙脚乱，刷锅烧火，再重新煮上一大锅。

业余时间，他挖空心思，想着怎么弄到吃的。门口的自留地里，都种上了蔬菜。巴掌大一点地方，也舍不得浪费。青菜都长到屋檐下、门槛前了。他后来还发明，在屋顶上种菜。一把种子撒上去，过几日，那茅屋顶上，居然也是嫩绿一片。青菜也可顶粮食，好渡饥荒。

其时，他三十出头，任代课教师。乡下贫穷，十二三岁的孩子，是要当劳力帮家里干活的，哪里有闲工夫上学？再说，也没那个闲钱。他一家一家去游说，说到最后，他拍胸脯保证，不要学费，一日三餐他包了。

冲着那口吃的，不少孩子奔了去，跟着他识字念书。一到饭时，浩荡着去他家吃饭。这么吃着，再大的家业也抵不住啊，何况，他也不富裕。他变卖了家里能变卖的东西，最后，连父亲留给他的一块珍贵的怀表，也给卖了。

好在乡下人实诚，看着他那么撑着，心里感动，偷偷相帮。早上开门，他常在家门口发现一袋子山芋，或是一篮子蔬菜。有时，甚至还会有小半袋子的大米。

一个叫永的男孩子，长得精瘦，体弱，记忆力却惊人，又好学。他诵过一两遍的东西，这孩子就能一字不差地给吟诵出来。他偏爱这孩子，给他开小灶，熬大米粥喝。那会儿，他的妻子正有孕在身，这对他来说，不容易。三十大几的人，终于能抱上孩子了。家里特地养了两只生蛋的鸡，本是要给妻子加点营养的，可最后，鸡蛋却多半进了永的肚子。

我是在四十五年后遇见他的。彼时，一二十个老学生，正把更老的他，簇拥在中间。他们在隆重聚会。当一个老学生，扛着一袋子东北大米到达时，聚会被推向高潮。

扛大米的老学生自我介绍，老师，我是永啊。他打量老学生半天，"哦"一声，是你啊，都长变样了，变得这么壮实。

四十五年前，他只是出于本心，害怕知识被荒废，害怕那些乡下孩子被荒废。过后，也没大记心上。可在老学生心里，却一直难以忘怀他的好。恢复高考制度后，这些老学生，是第一批考上大学的。永更是其中的佼佼者，名校毕业后，经一番打拼，现在已拥有一家几千人的大公司。

一年前，永得知这次聚会，立即放下手头繁杂事务，跑去乡下，辟了一块地，留着种水稻。从下种子，到插秧，到灌溉，到除草，都是他亲自上。他说，一定要给老师送上一袋子他亲手种的大米。

老学生们激动地叫嚷，今天沾老师的光，我们就吃这新大米煮的饭。

饭很快煮出来，粒粒圆润透亮，似白珍珠。他吃了满满一大碗米饭，笑着说，这是他吃过的最好吃的大米饭。他笑着笑着，眼睛湿了。

老枣树

　　枣子红红的，一口一个甜。我们吃着，觉得安稳快乐，外面再多的繁华旖旎，也不及家里一颗枣子的好。奔波在外的心，终落到实处。

　　老家的院子一角，一直长着一棵枣树。枣树枝叶蓬勃时，能遮挡住半幢房子。屋内的光线因它的分割，显得明明暗暗。我妈做针线，看不清针脚了，就会抬头看一眼窗外的枣树，自言自语道，枣树遮住光了。但从不曾想过动它，就这么让它任性地长着。

　　这棵枣树，到底活了多大年纪了，我爷爷在世时，也说不清。我爸更是说不清了，我爸说，打小，家门口就长着的。他们兄妹六七个，都是吃着这棵枣树上的枣长大的。

　　枣树原在爷爷的老家待着的。爷爷成年后，分家产，这棵枣树，也成了家产的一部分，被分给了爷爷。

　　爷爷带着这棵枣树，到百十里外的荒地里安了家。三间茅草屋搭起，这棵枣树，被植在了茅草屋前，成了我们家的标志。它结果时，累累一树，方圆一二十里的人都知道。

到我记事时，这棵枣树，已被人称为老枣树了。我小时，走丢过，站在大路上直着嗓子哭。人问，孩子，你家住哪里呀？我抽抽泣泣答，我家房子前长棵老枣树。人便一拍巴掌，恍然大悟，哦，是丁志煜家的啊。因了这棵老枣树，我被顺利送回家。

　　我十岁那年，我家搬迁到河对岸去。我奶奶舍不得这棵老枣树，执意也要把它搬走。我爸请了人来搬它，人一锹下去，损伤它不少的根。我奶奶心疼得不得了，拿些碎布头包住它的根。它被栽到了新家的院子一角，大家都说，怕是难成活的。但最终，它却活过来了，抽枝、长叶、开花、结果，从不怠慢任何一步。

　　这棵枣树上的枣子，甜了我们兄妹几个的童年、少年，成了我们心目中家庭里的一员。我们去外地念书，给家里人写信，在最后，也总要问候一下老枣树，老枣树还好吧？

　　我爸认真回，好着呢，开一树花了。或者回，又结好多枣子了。

　　枣子总能留到我们寒假归来时吃。我奶奶拣大个的，一颗一颗洗净了，晒干了，装在陶罐里。枣子红红的，一口一个甜。我们吃着，觉得安稳快乐，外面再多的繁华旖旎，也不及家里一颗枣子的好。奔波在外的心，终落到实处。

　　后来，我们兄妹几个，一个个离家了，有了自己的小窝。然每到枣子成熟的时候，我们都不约而同回老家去，屋前屋后转转，看看老枣树，摘下一颗一颗的甜。一家老小，围桌而坐，一个都不少，其乐融融。有老枣树在，时光好像还是从前的样子。

　　随着我奶奶和爷爷的相继过世，老枣树也一年不如一年了。先是枝条枯萎，继而，树干腐朽，脆弱不堪。起初，还有少量枝条硬撑着，在春天爆出新绿，在夏初开出花，在秋天果子成熟。

到最后，它实在撑不住了，一树的衰败喑哑。

终有一天，等我们兄妹几个都在家，我爸跟我们商量，把老枣树砍了吧？

哦？我们都很意外。看看老枣树，它缩在院子一角，像衰老干瘪的一个人，怕是连吹过的一缕轻风也扛不住了吧。我们相互看一眼，说，好啊，那就……砍了吧。

再回老家去，我在院子里转着、转着，竟意外发现，在原先老枣树生长的地方，竟冒出一棵小枣树来，探头探脑着，顶一身翠翠的嫩叶子，在阳光下笑意婆娑。

白山芋，红山芋

入秋，街上烤山芋的摊子多，香味盖过桂花香。寒冷的街头，一只烤山芋在手，心也跟着热乎起来。这时，你可以想想几个温暖的人，想想久别的故乡。

家乡产两种山芋，一种是白山芋，表皮紫红，肉乳白，粉多，蒸熟了吃，会层层掉粉。乡人们叫它栗子山芋。一种是黄山芋，皮和肉，都是黄灿灿的。汁水多，甜，这种山芋生吃最好，我们小时当它是水果。因个大，像娃娃头，乡人们叫它"黄大头"。

乡间多的是一片又一片的山芋地。口粮紧张的年代，它是活命的寄托，叶炒了吃煮了吃，山芋蒸了吃打成糊糊吃。集体的大田，山芋收尽后，各家的小孩，纷纷提了篮子，扑到田里，如一群抢食的雀。用小锹挖，用手刨，眼睛盯着泥地里，希望逢着一只两只漏网的山芋——这种捡山芋的活，我做过。大半天下来，若能捡个小半篮子山芋，会兴奋得小脸儿发红。我跟儿子忆苦思甜，儿子不明所以，问我，你干吗要那么辛苦地去捡掉下的呢，街上不是有卖烤山芋的吗？笑，我的年代，儿子哪里能懂。但同时又庆幸，儿子不用再受饥寒的苦。虽说贫困能锻炼人，但饥寒到底是一件屈辱的事。

我的母亲会变着花样吃山芋。事实上，我的乡人们都会变着花样吃山芋，他们把贫困的日子，过得香甜而充满期待。他们除了蒸着吃煮着吃打成糊糊吃，还做了山芋饼，做了山芋糖。也有把它切成薄片，做成山芋干的。秋深时，叶黄了枯了，阳光却灿烂得如钻石，切好的"黄大头"，摊在篾席上，摊在阳光下，晒。无遮无挡的阳光，无遮无挡的风，山芋片泡在阳光里，泡在风里面。不久，山芋干"酿"成，小孩子拿它当零食，口袋里揣着，不时拿一片出来咬咬，阳光的味道，风的味道，便满嘴里乱窜。是香的，是甜的，是快乐的。现在超市里也有地瓜干卖，包装精美，像灰姑娘穿上七彩衣。我买过，却吃不到小时的阳光和风的味道了。

打山芋粉，是腊月里家家必做的事。用作打粉的山芋，一定要挑栗子山芋，粉多。洗净，和着水打碎，用纱布三滤两滤，就会积下厚厚的粉，白米面似的。晒干这些粉，吃时，只需取一点点，放在瓷钵子里，加水兑好了。锅里的水，早烧得沸沸的，把瓷钵子放到沸水里，快速转圈儿，好了，一张粉皮摊成了。那样的粉皮，薄而透明，滑滑的，能照得见太阳的影子，切成小片烧汤，或用大蒜韭菜炒着吃，都相当好吃。

现在城里饭店里有道菜，叫拔丝地瓜。我母亲有次进城来，吃到，愣是没猜出那是山芋。这很像贾府里吃的那道茄鲞，弄十来只鸡配它，哪里还有茄子的味道。难怪庄户人刘姥姥不识它。

最地道的山芋味道，还是烤着吃。看钱钟书的《围城》，对李梅亭在大街上面壁偷吃烤山芋那一章节，印象特别深。烫手的山芋不能一口囫囵吞下，他急，怕被人发现，躲墙角吃去。那样子又滑稽又好笑，还有点，可爱。再可恶的人，原也有可爱的一面的。

　　入秋，街上烤山芋的摊子多，香味盖过桂花香。寒冷的街头，一只烤山芋在手，心也跟着热乎起来。这时，你可以想想几个温暖的人，想想久别的故乡。

年　画

年脚下的老街，像架在熊熊火堆上炖着的一锅八仙汤，噗噗噗地，只管一个劲儿地闹腾着，热气弥漫。

　　过年的章节里，张贴年画，是不可或缺的一章。

　　年还隔得老远呢，老街上的年画摊子，已陆陆续续摆开了。祖父每隔几天，就要上街一趟。他也不急着买，只背着双手，在那些年画摊子中间，来回转着，看着。老寿星逗仙鹤、小胖娃娃骑鲤鱼、牡丹花上彩蝶舞，再来一幅喜鹊闹红梅，这几样，年年都有。没有谁会嫌着重复了，会厌烦了这些个。像是走惯了的乡间路，种惯了的那些庄稼，它们好好在着，一日一日陪伴身侧，才叫人心安。

　　那时，现实的愿望，简单，直接，带点童话色彩。花开富贵，年年有余，添福添寿，便是无限的好了。土墙上揭去贴旧了的小胖娃娃骑鲤鱼，换上一幅新的，还是小胖娃娃骑鲤鱼。拜年时，随便跑进路边一户人家去，墙上的年画，都相差无几，全都一副喜洋洋簇簇新的好模样。

　　我和我姐渐渐大了，有了自己的审美观。祖父买回的老寿星逗仙鹤，或是喜鹊闹红梅，我们不那么喜欢了。我们攥着平时积攒的零花钱，自己走上二三十里地，跑上老街去挑年画。年脚下的老街，像架在熊熊火堆上炖着的一锅八仙汤，噗噗噗地，只管一个劲儿地闹腾着，热气弥漫。各色糕点，摆满了一条长街，香和甜，粘着人的脚。最是那做糖人的，勾我们的魂。只见做糖人的中年男人，手握小小一支细竹签，上挑一缕红薯丝，迅速地七绕八绕，手持金箍棒的孙悟空就跳出来了。再绕一绕，英姿飒爽的穆桂英，骑在马上。再绕一绕，一只小鼠，在东张西望，尾巴翘得高高的，活灵活现。有小孩子在边上叫，给我变出一只小狗来嘛。中年男人也不看他，答一声，好咧。手并未停下，顷刻间，一只小狗已在摇头摆尾。

　　民间才出真正的艺人——这是多年后我的感悟。那时，我还不懂艺术，只道神奇，在一旁一看就能看上小半晌。很想买上一个糖人带回家，不为吃它的甜，只为观赏。但口袋里的零花钱有限，我们还要买年画的。

　　卖年画的摊子，占满了另一片街。远远望过去，天上地下，花花绿绿，彩色的河流一般，浩浩荡荡。我和我姐，像两条小鱼似的，一头没进去，不知先看了哪一幅才好。我们一个摊子一个摊子看过去，再看过来。仕女图是我们最喜欢的，画上女子，眉目含烟，唇如樱桃，头上盘两个发髻，上面随意插几朵小菊，长裙曳地，淡淡笑着，风姿绰约地立在一丛芭蕉旁。真正是美极！我姐指着画上女子说，回去，我也给你梳这样的头。我嘴里应着，哦，心里欢喜，欢喜得不要不要的。我姐也真给我梳过那样的头，上面横七竖八插满了小野花。我不知害羞，顶着那样的头跑出去，从村子东头，跑到村子西头，看见的人都停下来笑，指着我说，哎呀，这丫头，这丫头！

挑完年画，已到黄昏。红彤彤的夕阳，像粒糖果似的，就要化了。我们这才感觉到肚子饿，也才感觉到惊慌，回家还要走上二三十里地的。我们没有钱买吃的了，只好饿着肚子上路。一路上，我和我姐轮换着拿年画。我们不时展开画来看，画上女子，眉目含烟，冲我们淡淡笑着。想到这么漂亮的年画，将贴在我们家的墙上，我们不觉得饿了，脚步也变得轻快起来。

若　香

> 若香系着一条玫红色围巾，从小石桥的那端走过来。阳光揉碎了柳枝的细芽儿，把柔嫩的鲜绿，洒落在她的脸上、肩上。她水波潋滟地走着，像一条小小的美人鱼。那是我今生见过的最美的画面。

　　桃红柳绿的春天，我们几个孩子在河边玩耍，河上搭着简易的石桥。河岸边，一棵歪脖子垂柳树，像大伞一样罩下来，柳条儿拂着石桥的栏杆。若香系着一条玫红色围巾，从小石桥的那端走过来。阳光揉碎了柳枝的细芽儿，把柔嫩的鲜绿，洒落在她的脸上、肩上。她水波潋滟地走着，像一条小小的美人鱼。那是我今生见过的最美的画面。

　　所有的孩子都停下来，怔怔地看她。我们被美惊着了，我们都没有说话。

　　若香径直走了，看也没看我们一眼。我们并不生气，她不看我们是理所当然的。她跟我们多么不同，她的名字里，隐含着一股清雅高贵之气。我们人小，说不上那种感觉，但就是觉得，她与村庄的篱笆墙、庄稼、狗尾巴草格格不入。村庄对她，真是怠慢了，怠慢得我们都跟着觉得亏欠了她的。

我们玩游戏，跳皮筋，踢毽子，跳房子，这些，若香都不屑于玩的。我们远远看着她，她坐在小茅屋前看书，一条腿搁在另一条腿上。她还支起画架画画，调着各种颜料。她周遭的风，和阳光，还有小茅屋，都干净得像水洗过的。

她是不属于村庄的。

她还有个不属于村庄的爹。她爹与遥远的大城市，有着千丝万缕的联系。她爹的哥哥，也就是她的伯伯，是在城里做事的，据说是个当官的，身居要职。她爹也在城里多年，后来，不知为何回到乡下来，在村小学里做了一名老师。

她爹常穿一件白绸子衬衫，手持一卷书，从田间地头走过，翩翩然。广袤的田野，都成了她爹的陪衬。村人们见着她爹，都停下来观望，那眼神里很是敬重。

我们小孩子都羡慕若香有这么一个爹，不单单因为她爹是我们的老师。还因为，她爹会的东西实在多，吹拉弹唱之外，还会画画，还会裁剪缝纫。若香身上的衣，都是她爹亲手设计缝制的。若香脖子上的那条玫红色围巾，也是她爹买的。她爹还给若香买画笔画纸，教若香诵读我们都听不懂的古诗词。

若香真的和我们不一样。

还是桃红柳绿的春天。那个时候，若香和我，走得很近了。偶尔的，她会和我一起玩。我教若香丢沙包（一种从前小孩子玩的游戏），若香很快就玩得比我好了。她两眼闪闪发光，光洁的额头上，沁出细密的汗珠。这个时候的若香，看上去很活泼，跟村庄浑然一体。

我一心一意巴结着若香。我存着一个更大的目的，我想看若香家的书。若香拥有两抽屉的小人书，哪一本都让我垂涎不已。我偷爬到人家的枣树上摘枣，枣树上满是刺，但我顾不上。我胆战心惊防了人家的狗叫，又要防了有人发现我，最后偷得枣来，一个也舍不得吃，全给若香了。

沟渠边的野蔷薇开了，我跑去采花。野蔷薇的刺，刺得我满手皆是，我妈拿缝衣针给我挑半天，一边挑一边骂我野。我心里却是高兴的，因为，我看到若香捧着蔷薇花的时候笑了。若香低头嗅花的样子真好看，她说，我们做朋友吧。

我和若香并排坐在一棵桃树底下，合看一本小人书。看完了，我发了一会儿呆。我说，若香，长大了，我要做个摆书摊的人，我要买好多好多的小人书。

若香笑了一下，若香说，长大了，我是要去城里的。

我吃了一惊，又觉得理所当然。若香是不属于村庄的，她该去她的大城市。只是，若香去做什么呢？当商场的营业员吗？或者是，坐在电影院的售票窗口，做售票员？在我仅有的见识里，那是最风光的城里女孩子。她们穿着碎花裙子，面皮白净，走起路来，如弱柳扶风。

若香却说，不，我去读书。

我转过身，看她，我狠狠地把我的羡慕和吃惊压下去了。城里，多么遥远美好，像天边的云那么遥远和美好，她居然要去那里读！我看到桃花的影子，在她的小脸蛋上晃啊晃的。她的脸蛋，饱满得像颗水蜜桃。不远处，菜花一地黄。村人们的身子没在菜花地里。蜜蜂们成群成群地飞。小麻雀们站在茅屋顶上叫得欢。银箔儿一样的阳光，像雨点一样落下来，看得人恍惚。

很奇怪的是，那之后的许多光阴，在我的脑海中，竟大多数是空白。我和若香或许在一起，或许没在一起，印象都不深了。我小学毕业后，没有悬念地进了一所乡村中学念书。若香真的去了城里，奔着她的伯伯去了。

我们再难得碰面了。偶尔的一次，若香回来，她的面貌已发生了很大变化，个子高挑，明眸皓齿。我站在家门口，看着她走过。我觉得有一条鸿沟，横亘在我们跟前。她许是看见我了，许是没看见。我们没有说话。

一些年后，我也把书读到城里，若香却回乡下了。有关她的事，在村庄很是沸腾了一阵子。她在一场惊世骇俗的恋爱中受了伤，断送了学业，人变得半痴。我大学毕业那年，若香早早嫁人了。据说嫁的是一个木匠，木匠有个缺陷，耳朵半失聪。我回老家，听人谈起若香，人皆摇头，说，这娃子可惜了。

若香的事，对若香的爹打击最大。从前那个着白绸衫翩翩然的男人不见了，取而代之的，是个邋遢的老头儿。他玩的那些乐器和画笔，蒙了尘。一次酒多，他失足跌入屋后的河里，再没活转过来。若香回来给她爹收尸，神情木然着，看不出哀悲。

若香来找我，是隔了好些年后的事了。这个时候，她已拥有好几家农庄酒店，生意如火如荼。她站在我面前，丰腴而富丽地笑着，我猛然间竟没认出来。她说，梅，我是若香啊。一只手就亲热地来揽我的肩，笑声朗朗，啊，梅你还是从前的样子啊，一点都没变。

她是为她女儿大学填报志愿的事来找我的。她想女儿报北京的大学，女儿却更喜欢南方。她一时拿不定主意，就跑来找我了。你走南闯北多，见识广，我想听听你的意见，她说。说完，她扭头冲门外喊，进来嘛，你梅姨又不是外人。

　　我看到一个女孩子，略带羞涩地走了进来，个子高挑，明眸皓齿，分明是当年的若香。

　　我这辈子没混出个啥名堂来，不过，我这个女儿还是不错的，钢琴过了十级，美术作品拿过全国大奖，哈哈哈。若香拉过女儿来，笑得咯嘣嘣。恍惚间，我看见当年的阳光，飘了过来，银箔儿一样的，像雨点一样的。

一串珠花

散落一地的光阴，被他们穿成了一串珠花，闪闪发光地戴在我那青春年少的头上。原来，我自以为的自卑、不堪和孤独的青春年少，也有光芒闪耀。而善意和友爱的花朵，一直开在我身边。

我的青春年少，是活在"灰色"里的。

那个时候，真是低到尘埃。在尘埃里，也只是一株最不起眼的小草。空有颗开花的心，却紧紧关闭着。谁会留意它呢？谁也不会留意的。

我一个人，从乡下跑到几十里外的老街上去念书。彼时，能从乡下考进老街完中的孩子，屈指可数。我穿着母亲纳的布鞋，背着母亲缝的花格子书包，皮肤黝黑，举止拘谨，夹在老街上那一群神采飞扬的孩子中间，实在有些格格不入。

老师们都是城里人，跟老街上的孩子都沾亲带故的，他们之间很亲昵。有时，他们在课堂上说说笑笑，关系融洽得如同一家人。对乡下孩子却严厉，眼神里有挑剔。逢到集体大扫除，擦窗子抹地那些重活，一般都是派给乡下孩子的。乡下孩子若是犯了错，定会被老师毫不留情当众批评。老师们说出的话，一字一句，坚硬尖锐，硌得人骨头疼。

偏着我极自尊，稍有风吹草动，敏感的心里，也会长出触角来，像刺猬。我用那样的方式，对抗我眼里的"不公"。我被贴上了"脾气古怪"的标签，老师们不大搭理我，同学们与我往来也不多。我不作任何辩解，低头，沉默不语。

所幸有个角落可以容纳我，让我藏在里面，不受打扰的，做做自己的梦。那个角落，就是书籍。学校门前有条大河，河边少有人家，只有草木在那里自生自长。河里偶尔有船只驶过，惊起一河的浪花，随后又复归宁静。没有课的时候，我就捧了书去，倚着一棵垂柳，或是一棵楝树，读，直读到鸟雀归巢，夜幕四垂。

读书读累了，我会停下来，发发呆，让思绪跟着河水漂上一程。也不确定自己能漂到哪里去。在那时年少的心里，迫切地想做的一件事就是，快点离开这里，到远方去。远方，都是好的，都是镶着彩边儿的，自在，幸福，无拘无束。

就那样，我独自度过了我的中学时代，挥别了我孤独又自卑的青春年少。那之后，我到过一个又一个的远方，它们并没有镶着我年少时向往中的彩边儿，而是一样的凡俗琐碎，一样的有着花开，也有着叶落。我渐渐融入，成为其中的一个。却常在自觉不自觉中，会想起老街上那段青春年少，一个人，独自在河边读书的时光，那样单纯、安静，没有挂碍。

多年后，我遇见当年的中学同学。他们跟我聊起过往，笑着对我说，那时，你背花格子书包，爱低着头走路，我们看到你，都不大敢说话。那时，你总是一个人独来独往，最爱去学校门口的河边读书，你在我们的眼里好神秘啊。那时，你的作文写得好，让我们很羡慕。那时，我们的班主任，总在我们跟前夸你，说你学习很用功。

散落一地的光阴，被他们穿成了一串珠花，闪闪发光地戴在我那青春年少的头上。原来，我自以为的自卑、不堪和孤独的青春年少，也有光芒闪耀。而善意和友爱的花朵，一直开在我身边。

月光下

我觉得心口里，有朵花，"叭"一下，盛开了。那满怀的幸福感，有些让我喘不过气来。我捧着满怀的书，像捧着一座金矿，跳进外面的月光里。一地的月光，波光粼粼，我是满载而归的一条鱼。

乡村的夜晚，是分外宁静的，除了偶尔的狗吠和虫鸣。

月光降临的声音，便显得特别清晰，滴滴答答，如同雨落檐沟。又似乎不是，它该是小溪流在奔腾，哗啦哗啦。

月亮自然是大而圆的，悬在天上。天与地，都是阔大无边的。村庄掩映在一片月光中，破旧的木门，低矮的山墙，草垛子，南瓜花，人家晒场边上搁着的碌碡，花喜鹊居住的老槐树……这白天熟悉着的一切，此刻，都像被抹上了一层奶油，散发出甜美的气息，美得让我诧异。

我踩着长长短短的月光的影子，一个人走在乡村的路上。我其实是顶怕走夜路的，我怕遇见鬼。

乡下孩子，是听着鬼故事长大的。那时我的乡亲，少有识文断字的，却装着一肚子的鬼故事。有些是上代流传下来的，有些是他们自己编的，多是含冤而死到人间来复仇的鬼。我们怕听，又爱听。夏夜纳凉时，多半是在这些鬼故事里，又惊又怕又欢喜地入睡的。乡亲们自有他们做人的道理，不做亏心事，不怕鬼敲门。也是在那时我就懂了，做人要讲良心。

我一路走，一路检点着自己，有没有做过坏事情。偷过人家树上的梨算不算？打过人家的狗算不算？摘过人家篱笆边的大丽花算不算？心里面忏悔着。抬头，月亮不动声色地看着我。我旋即又高起兴来，想着路的前头，有个巨大的诱惑在，我的脚步，不由得变得轻盈起来。我忘了害怕。

我去借书。离我家五六里远的地方，住着我的语文老师，亦是我的班主任，他家里有两大纸箱子的藏书。纸箱子搁在他家的床底下。在当时的我的眼里，那是宝藏一样的东西，是闪着光芒的。

老师家有男孩，和我年龄相仿，在一个班读书，可他却调皮，不爱读书。我去借书，老师就当场教育他的孩子，你看看人家，没有书读，拼命想读，你却躺在书堆里不知珍惜。搞得那小子特别恨我，背地里警告我，再敢登他家的门借书，就要对我不客气了。后来，我的书包里跳出青蛙，我的课桌肚里，盘着小蛇，都拜他所赐。但书的诱惑，是高过一切的。等一本书看完了，我又想看另一本，便又忘了一切，跑去借了。

班主任的爱人起初看见我去借书，是老大不高兴的。她磨磨蹭蹭，不肯借给我。我就手脚勤快地帮她干活，她洗涮，我帮着洗涮。她烧火，我帮着烧。我再去借书，她的态度竟是十分的友好，笑眯眯的。

又是一个有月亮的夜晚，我跑去班主任家借书。班主任一家，正围着桌子吃晚饭，他们热情拉我入席。班主任的爱人还亲自趴到床底下去，拖出装书的纸箱子来，掏出一本书又一本书。她一边掏，一边意味深长对我说，这些书，你好好看，好好保管，你看了，我的孙子将来也是要看的。我不懂她的话，却还是很郑重地冲她点头，答应道，好。那一天，她极其大方地往我怀里塞书，直到我捧满怀。

我觉得心口里，有朵花，"叭"一下，盛开了。那满怀的幸福感，有些让我喘不过气来。我捧着满怀的书，像捧着一座金矿，跳进外面的月光里。一地的月光，波光粼粼，我是满载而归的一条鱼。班主任送我出来，在他家的屋角后，他站住，低下头，看我。他的眼睛里，有莹莹的月光在跳。他突然轻叹一口气，伸手抚了抚我的额头，说，你真是个好孩子。

一些日子后，我听到传闻，说是我跟班主任的儿子，是定了娃娃亲的，我将来长大了，是要嫁给他们家做媳妇的。听到这样的传闻，我没有难过，反而，暗暗有些高兴，想着，若是能做他们家的媳妇，也真不错的，那两大纸箱子的书，就都归我了，我想看哪本就看哪本，想怎么看就怎么看，多好！

班主任却什么也没有对我说过。只是这之后，他不再让我一个人走夜路，去他家借书，而是每隔一些日子，他会把我想看的书，直接送到我手里，直到我初中毕业。

我再也没有见过，比那夜的月光，更明亮更醇厚的了。月光下，老师的眼睛，很亮。他说，你真是个好孩子。那洁白的激励，伴我度过贫瘠又丰盈的少年时光。

正月半

天一黑，各家的孩子，都举着火把出动了。田埂边，像飞舞着一群一群的流星。我们唱着"正月半，炸麻团，爹爹炸了奶奶看"，绕着田埂奔跑，这边呼，那边应，一个村庄的黑暗，都被火把和孩子的歌声，燃亮了。

年一过到正月半，我注定是要惆怅的。

怎么能不惆怅呢？那些撒开脚丫子，走东家窜西家的欢腾；那些人人遇见，都一团和气说着吉利话的温馨模样；那些喷着香的馒头年糕还有糖果糕点；那些门上的对联、窗上的窗花，都渐渐褪去鲜亮、成了过往了。我的好衣裳，也要脱下来，被母亲压到箱底去。日子又复归到清汤寡水里，叫人想想，就急得想哭。

那时，我还不知道正月半有个更文雅的叫法，叫元宵节。那是上学识了字后，在书本上才读到的。它的历史长达 2000 多年，自秦朝，人们就开始有了吃元宵赏花灯的习俗——我亦是不知的。

我尚小，能看到的世界，也只是眼前的那个村庄。村人们只叫它，正月半。

有童谣念：正月半，炸麻团，爹爹炸了奶奶看。

这童谣唱得有道理吗？没有的。我没见过麻团，我的小伙伴们也没见过。我们也只在歌谣里咂摸着，它应该是火烤油炸的，很香很香的。

　　我们没有麻团吃，没有元宵吃，但我们有火把可燃。爷爷如果那天心情特别好，他会坐在门前的桃树底下，给我们兄妹几个扎火把。所用材料，是稻草和竹枝。竹枝好啊，经烧，一边燃着，一边能发出噼里啪啦的响声，像放小鞭炮。奶奶是不大舍得我们用这个去烧的，那是上等的柴火啊。爷爷却经不住我们苦求，往往会偷偷在稻草里包上些竹枝。爷爷扎出的火把，又大又结实，我们举着它，真是神气得不得了。

　　也就等着天黑。天一黑，各家的孩子，都举着火把出动了。田埂边，像飞舞着一群一群的流星。我们唱着"正月半，炸麻团，爹爹炸了奶奶看"，绕着田埂奔跑，这边呼，那边应，一个村庄的黑暗，都被火把和孩子的歌声，燃亮了。

　　也有在沟边河边放野火的习俗。那是不用等到天黑的，河边的茅草，就被点燃了，火苗儿欢快地跳跃着，呼啦啦烧去一大片，像燃烧着一个大大的夕阳。我们站在边上，兴奋莫名地观看，并不知为什么要放野火。驱虫和祈求庄稼丰收，那是大人们的事。在我们看来，过年了，就要新鞋新袜地穿着，就要贴红对联和年画。过正月半了，就要放野火。这都是应该的。我们才不会去深究缘由的，只是快乐，单纯地快乐。

　　有一年正月半，我姐领着我和弟弟去放野火。屋后就是河，河边杂草丛生，是放野火的最佳地。我姐点燃了一堆杂草，火苗一下子蹿得老高，呼哧呼哧，像条巨龙翻滚腾跃。我们站在边上，高兴得又唱又跳。母亲不知打哪里，突然一阵风似的跑了来，揪住我姐，二话不说，就是一顿痛打。

所有的欢乐，戛然而止。那个正月半的晚上，我们没有举火把去奔跑，囫囵地吃了点什么，就上床睡觉了。半夜里，我听到我姐的哭声，很轻很轻，像秋虫在鸣。我的一颗心，恻恻的。年，真的过去了。一切的甜和好，也似乎都跟着走远了。

也是到一些年后，说起往事，我姐搂着母亲，开玩笑地问，那年的正月半，你为什么要打我？母亲赧然半天，轻轻叹口气，喃喃道，都是因为穷，穷人气多啊。

郎骑竹马来

林小可偶尔的，还是会想起小时候，长长的
巷道，空气中布满桂花蜜甜的味道，长睫毛的小
男孩，眼睛眨呀眨地告诉她，我叫许文磊。

四五岁的时候，林小可跟着祖母走亲戚，亲戚是远房的本家，
住在离她的小村庄几十里外的老街上。她们总要行过许多的桥，
拐过许多的弯，这才到了。

推开亲戚家的院门，有淡淡的花香扑过来。一株红山茶，立
在墙角边开着，浓艳得恨不得化成水珠掉下来。燃过的煤炭球，
有种焦焦的香味，很好闻。炭炉上正煨着什么，腾起的雾气，味
道浓酽。林小可心里跳着惊奇，像灰姑娘走进城堡了。

"哟，四奶奶，我正煮五香牛肉等着您哪。"远房的亲戚矮而
胖，长着一张泥菩萨的脸，她跟祖母热络地招呼着。

大人们进屋说话去了，林小可被一把糖果，打发到院门口，
让她自个儿玩去。

巷道真是又深又长，林小可踮着脚朝外望，望不到头。细细

的砖缝里，绣满绿苔。人家的院墙上，一些藤蔓似要翻墙而出。一家的院门，"吱呀"一声突然开了，一个女人，披着长发，穿着碎花的裙子，趿着拖鞋，出门倒垃圾。

林小可着迷地看着，觉得样样都好。

饭后，亲戚留她们住下来。

林小可有些紧张地仰头望祖母，她生怕祖母不答应。她太想留在这里了，闻山茶花的味道，闻焦炭的味道，闻五香牛肉的味道，还有屋子里，薰香的味道。一间屋子，被薰香熏得像个香盒子。还有那长长的巷道，连同巷道里走着的人，林小可都是喜欢的。

祖母再三推辞，终禁不住亲戚挽留，遂答应留一宿。林小可的心，立即狂欢不已，恨不得从红衣衫里蹦出来。亲戚又抓一把糖果给她，笑笑地说："小可，你自己外去玩吧，记住，不要走太远哦。"

她快乐地应一声，飞奔出院门。午后的巷道，静。林小可沿着巷道，探究似的往前走，每走一步，她都要停下来听一听。她听到她的心跳声，还有鸟儿，不知蹲在哪片瓦上啁啾。有的院门开着，院子里也是一株红花，站在墙角。有的院门闭着，有猫在门口蹲着，肥肥的，半眯着眼睛看她走过。

她走了一半儿的路，倒回来，再走，这时，她突然看到亲戚家的门对过，站着一个小男孩。小男孩年纪跟她相仿，手上端一支水枪，正好奇地打量着她。

小男孩看见她在看他，神气地举起手里的水枪，朝天上喷射，细细的水柱，在太阳光下，闪着五颜六色的光芒。林小可很羡慕那支水枪，却装着不在意，她掏出随身携带的毽子，踢。这下轮到小男孩惊奇了，眼珠子跟着她的毽子上上下下。踢累了，停下，她看见小男孩，学着她的动作，也在踢，只不过他踢的是空气。林小可忍不住咯咯笑起来，小男孩也跟着她咯咯笑起来。

后来她玩跳房子。细砖上不好画格子，她就数着细砖跳，跳跳停停。小男孩起先是站一边看的，不一会儿，他也跟在她后面跳。他们挨到一起玩，你看着我笑，我看着你笑，时光酥软得像一桶奶油。

天很快暗下来，对过的门内，闪出一个女人来，女人系着格子裙，她冲小男孩温柔地叫："磊磊，别玩了，快回家洗澡。"

小男孩应一声，回头望望林小可，说，明天我们再玩啊。就走进院子里去了。

林小可是清晨和祖母一起离开老街的。她很想和小男孩告个别，但对过的门，一直紧闭着。

回家后，林小可老是缠着祖母问，我们什么时候再去老街上的伯伯家呀？祖母以为她馋人家的糖果了，就随口说，小可若一直乖乖听话，奶奶会再带你去。

林小可为了祖母的这个"承诺"，而格外努力起来。她提着篮子去挑羊草，她主动帮祖母烧火煮饭，她照应三岁的弟弟……村里人都说，没见过像小可这么懂事的孩子。

这年秋天，祖母真的带她又去了老街。这回，她做足准备，把自己平时玩的橡皮绳都带上了。巷道还是那样的巷道，细砖铺就，砖缝里，绣着绿苔。山茶花开过了，桂花登场了，巷道里，飘满桂花的甜味儿，人的每一脚落下，都好像踩在那甜里。

与亲戚见面，照例大人们闲话家常，林小可自个儿玩去。她在院门口站着，玩踢毽子，玩跳皮绳，玩滚玉球……玩了大半天，却不见对门院门开。她很失望，却忽然见小男孩，从巷道那头过来。他长高了些，骑着一根竹棍子，当马，一路嘚驾驾，嘚驾驾。看见林小可，他愣住，长睫毛就那么眨呀眨呀，而后，笑了。

也没有招呼，他们很自然地就玩到一起，玩踢毽子、跳绳、滚玉球，玩堆积木、搭房子，玩骑马。是他先问她的，你叫什么名字？林小可答，林小可。答完，她抢着说，我知道你叫磊磊。

小男孩惊奇地睁大眼睛，他显然没料到林小可会叫出他的名字。但旋即他狡黠地笑了，说，那是我的小名，你肯定不知道我的大名。

林小可泄了气，不说话，只顾埋头玩积木。

小男孩说，我叫许文磊。林小可没抬头，他便又重复一遍，我叫许文磊。

哦，许文磊。林小可望着他笑了。

这之后，他们又遇见过两次。每一次，都是久别重逢，他们快乐地互相叫着对方的名字，交换着各自收藏的"宝贝"，玉球呀弹弓啊积木啊。林小可把收藏的一片枫树叶子送给了小男孩，小男孩珍重地收下。

林小可读小学二年级的时候，老街上的亲戚，突然举家迁往外地去了。

家里大人们在谈论这件事的时候，林小可只觉得一颗小小的心，变得沉甸甸的。她早预备了一个鸡毛毽子的，是要带给小男孩的。为做那个鸡毛毽子，她追着自家大公鸡，满场院跑了大半天。

那个鸡毛毽子一直被她珍藏着。后来，家里搬了一次家，她想起那个鸡毛毽子时，再去寻，已找不见了。这个时候，她小学已毕业，开始念初中了。她偶尔会想起老街长长的巷道，小男孩端着水枪，站在自家门口，长睫毛眨呀眨地看着她。

读高中，林小可考进县城的一所重点中学。

来自乡下的姑娘，唯一能跟人比高低的，就是学习成绩了，林小可是这么认为的。她蓄着一股子劲，拼命读书，成绩一路遥遥领先。

也就到高考了。学校为了缓解高三学生的紧张情绪，特意安排了一场高三年级的篮球赛，所有高三学生都到现场观赛，林小可也不得不去了。她携了本英语书，坐在一群女生中，眼睛不看比赛，而是看着课本，一遍一遍背课文。女生们突然狂热地叫起来，尖叫着一个名字，许文磊。许文磊加油！许文磊加油！

林小可一惊，她转身问身边同学，许文磊是谁？那同学好笑地看她一眼，你就是个书呆子，许文磊也不知道呀，他是我们学校的男神，有才有貌，篮球也打得好。她顺着同学的手指方向，看到一个奔跑着的青春的影，蓬勃得像一棵树。

哦，这个名字，她多么熟悉。那长长的巷道，长长的睫毛，眨呀眨呀，冲着她说，我叫许文磊。

是他吗？

林小可这么暗自惊诧着，高考也就来了。

　　林小可收到大学录取通知书后的第一件事，就是去打听许文磊考到哪里了。当她得知许文磊和她在同一个城市上大学时，她暗自欢喜很久。

　　大学寝室里，林小可铺开一张粉色的信纸，给许文磊写信，措辞是她想了又想的，她写道，许文磊，我是你的高中校友，我叫林小可，我也在这里读大学，常联系。

　　她写信的时候，室友们都笑话她，谁现在还用这种老土的方式联系？

　　哦，我是个老旧的人。她这么回。心里面充盈着一股说不出的欢喜，还有感动。

　　许文磊的回信很快，这让林小可很意外。许文磊说，林小可，我是知道你的，有空去找你。

　　哦，原来，他早已认识她了。

　　许文磊果真来找她了，约在校门口见。

　　林小可特地去买了身新裙子换上，早早等在校门口。她的眼前晃着童年韶光：巷道真长啊，砖铺的缝隙里，绣着绒绒的绿苔。她踢毽子，小男孩跟在后面踢。她跳房子，小男孩跟在后面跳。她说，我叫林小可。小男孩眨着长长的睫毛，说，我叫许文磊。

　　许文磊来了，陪他前来的，是他的几个同学。他们一路哗哗谈着什么，离很远他就大着声儿挥手叫："嗨，林小可。"

　　他们站着说话，说的都是中学里的事。他注意到她，是在学校的光荣榜上，每次考完试，排在第一名的，都是林小可。还有林小可的作文，是被他们老师拿到班上当范文读的。那时，我们班几个男同学，结伙去你们教室窗外偷偷看你，你大概不知道吧？许文磊哈哈大笑。

林小可微微惊了一下，笑道，是吗？她不知该如何接下他的话。

到底心有不甘，在临别时，她装作轻描淡写地告诉许文磊，我小时，在老街上遇到一个小男孩，也叫许文磊。许文磊听了，大眼睛眨了眨，乐了，他回头冲他的那帮同学说，看来，我这个名字得改改了，被重复得太多了。

林小可的心，倏地沉下去，他不是他，不是那个小巷里骑竹马的男孩子。时光一退千万里。

许文磊又来找过林小可两次，林小可刚好都有事不在，没见着。他们的联系，也就断了。林小可偶尔的，还是会想起小时候，长长的巷道，空气中布满桂花蜜甜的味道，长睫毛的小男孩，眼睛眨呀眨地告诉她，我叫许文磊。每每这时，她的脑子里，不由分说地跳出这样的诗句：

妾发初覆额，折花门前剧。
郎骑竹马来，绕床弄青梅。

郎骑竹马来——她默念着这句，有些莫名的伤感。她真想知道，那个许文磊，是不是就是这个许文磊？复又想，是与不是，又怎样？岁月原是一条河，只管一径地往前流着。

西风起，校园的小径上，梧桐叶落了一地。不知何时，秋已深了。

水烟袋里的流年

那样的时光，真是静和悠长。烟草叶的味道，在空中久久飘散着，闻上去，竟很香的，有野草的香气。叫人安心。

每次回老家，我都要翻箱倒柜一通，寻些旧物件。

从前穿过的小衣裳小鞋子，习过字的练习本，画过画的纸，翻到了，我都如获至宝。我曾穿着这些小衣裳小鞋，在村庄的矮墙边跳绳；或在宛如水蛇般的田埂道上，追着鸟雀奔跑；我曾趴在小屋的煤油灯下，一笔一画，学写自己的姓名；我曾照着土墙上贴的仕女图，画古代女子，步摇乱插……生命的轨迹，清清楚楚地，都印在这些旧物件上的。唏嘘之余，只剩感恩，这些时光，我都曾一一走过。人生真正拥有的，是经历。

这一次，我翻到了水烟袋。

是的，一管水烟袋，白铜的，沉甸甸的。盛水斗的一面镂刻着梅花，一面镂刻着菊花。历经经年，上面的梅和菊，依然盛开盈盈。烟管上，竟也盘着些枝蔓和小花，很有雅趣。这是祖父的水烟袋。祖父是个风雅之人，一生不事农活，花鸟虫鱼倒是养了不少。

水烟袋被搁在了旧橱柜里，上面叠着一床旧棉被。我捧它在手，陈年的烟叶气味，扑鼻而来。那里面混杂着祖父的气味，父亲的气味，村人张木匠、王大个、李会计等人的气味。

一场突如其来的雨，让在我家附近地里劳作的村人，都跑进我家避雨。他们赤着脚，裤腿卷得高高的，一二三四五，或坐或蹲，很快把我家小屋挤满了。祖父或父亲，会装上水烟袋，招待他们。水烟袋从这个人手里，递到那个人手里。他们话语很少，只埋头咕噜咕噜吸食，半眯着眼。一圈递下来，那雨，竟是止了。他们拍拍手，站起身来，笑一笑，心满意足地走了。

或是夏夜纳凉，他们三三两两地来，坐在我家屋门口。水烟袋照例从这个人手里，递到那个人手里。暗影里，有一星点红，在他们的鼻翼处跳跃。烟草的味道，弥漫开来，咕噜咕噜的声音，绵长得很。他们劳累的筋骨，疲乏了的身子，又泛起活力来，他们开始谈笑起来，笑声很大。

我二姨奶奶也好吸水烟。二姨奶奶在离我家三十里外的另一个村庄。二姨爹早早故去，她膝下无子，一个人住两间草棚。这样的人，被叫作"缺后代"。听闻缺后代的人，脾气都古怪，性子要强，爱骂人。这个二姨奶奶，也被这样传说着，弄得我们小孩都怕她。虽她百般亲近我们，我们还是怕她。

她常来我家走亲戚。她来，祖母就捧了水烟袋递给她。她坐在我家桃树底下，咕噜咕噜吸。有时，花开满树；有时，有青果闪烁在青青的叶间；有时，是一树光秃秃的枝丫。那是冬天了，太阳光从树枝上筛下来，覆盖在她的身上，闪闪发光。她瘦小的身子，坐在一圈光里面，吸溜吸溜，脸色温润。旁边坐着我祖母，姊妹二人话些家常，说些她们的过去，那些我们小孩所不知道的人和事。

那样的时光，真是静和悠长。烟草叶的味道，在空中久久飘散着，闻上去，竟很香的，有野草的香气。叫人安心。

这个姨奶奶老年光景有些凄凉，一个人悄没声息地在床上过去了。床旁边，搁着她的水烟袋，里面还装着未抽完的烟丝。

我跟父亲要了这管水烟袋。我把它带回城里，摆在我的书架上。它与我的书架，竟十分熨帖，古朴而悠远。我的眼光每每扫见，心里都会有欢喜跳出，从前的那些日常，都在它身上安好着的，从未曾走远。

第六辑

牵着蜗牛去散步

你是大自然的孩子

一个心中装着大自然的孩子，无论将来身在何方，他都会心怀柔软和善良，懂得爱，懂得感恩和珍惜。

小弯弯你好。

我走在从你的学校，返回我老家的路上。一路上，我都在想你。我想着，要跟你说说话儿。

我选择的是步行，我喜欢这样走着。从前上学，我都是从家里这样走着去学校，再从学校这样走着回家。沿路要穿过好几个村庄，和一些田畴；要跨过好几座小木桥，和一些沟渠。我认识路边每一户人家养的狗和猫。我认识地里所有的庄稼，那些麦子、蚕豆、玉米、水稻和棉花。我认识沟边长着的小野花，那些一年蓬、蒲公英、婆婆纳、泽漆、紫云英和小蓟。河畔的茅草春天绿着，冬天会"开出"茅花，白花花的一片，像下着雪。靠岸的柳树上，也总是托着个大大的鸟窝。我痴迷于那些花啊朵的，还有花朵下的虫子们，它们总能牵住我的脚步，让我一再晚归。

小弯弯，你也是这么走着上学放学的吗？那么，我要为你庆幸。多幸运啊，你能身处在这样的大自然里，日日不相离。你是否走着走着，也会停下来，和一棵草说说话，和一朵花说说话，或者，逗逗一只小虫子，问候路过的一只小鸟？一个心中装着大自然的孩子，无论将来身在何方，他都会心怀柔软和善良，懂得爱，懂得感恩和珍惜。

　　小弯弯，我和你，都出生在这样的乡村。它偏僻，它离闹市甚远，它没有车马喧哗，它有的，是鸡鸭猪羊。在一些人的眼里，那是落后，是闭塞，是贫穷困苦——曾经我也以为是这样的，并为此而自卑。然而等我长大了，置身于城市的高楼大厦里时，却深深怀念乡村里的一切，我感激着我能生长在这里。

　　你看，大自然是多么偏爱你啊。你知道庄稼怎么从泥土里长出来。你能脱口叫出很多野花野草的名字。你能学小雀的声音。你听得懂哪是蛐蛐在叫，哪是纺织娘在唱歌。你知道，月亮倒映在门口的小池塘里，是什么样子。你知道，青蛙是从蝌蚪变出来的。你能说出弯弯的月亮，像扁豆。

　　小弯弯，我之所以要跟你说这些，只是想告诉你，你拥有的，永远比失去的要多得多。

　　你的学校，也曾是我的母校，是我少年的梦想生长的地方。只是，很不好意思地悄悄告诉你，那个时候，因家里贫穷，我曾好自卑。但我热爱读书，热爱幻想，热爱大自然，所以，活得内心丰盈充实。至今回想起来，那段时光，堪称我人生最美的时光。我好比一株植物，享用着天地日月的无私赐予，一日一日葱茏起来。

你比那时年少的我，还要小一些，你才九岁，才念小学二年级，如初春的柳芽，刚刚冒出头来。在你稚嫩的眼里，天空大地，应该无一不好吧？你尚不懂得惧怕和自卑，风来，雨来，在你看来，都是理所应当。我多么希望，你能永远活在这样的天真里。

听你的老师介绍你，还在吃奶的年纪，你就失去双亲，跟了爷爷奶奶。爷爷瘫痪在床，奶奶又因小儿麻痹症留下了后遗症，行动不便。你小小的人儿，就撑起一个家，烧火做饭，竟都学会了。邻里也都帮衬着你们家，缺吃少穿的，都会有人送来。社会上也有好心人上门，送钱送物。你身上穿的，不比别的孩子差。

知道吗小弯弯，听到这些时，我的鼻子一度发酸。你是不幸的，可又是幸运的。邻里相帮，天地广阔，该消减了你多少的疼痛和寒寂啊。

我坐进你们的教室里听课。你，和那些孩子，多像小鸟、小鱼、小猫、小狗、小鸡、小鸭、小蝴蝶。我不知道怎么比喻才恰当，一切小小的、可爱的事物，都能用到你们身上。

那节课，老师带你们学习了李峤的诗《风》。老师让你们学大自然的风吹，你们一个个，鼓起小嘴巴，一会儿学龙卷风，一会儿学大风，一会儿学微风，兴高采烈。你也是兴高采烈的。

下课了，我把你叫到身边，抱了抱你。你两只大眼睛，很害羞地看着我。我问你，小弯弯，你最喜欢什么样的风呢？你眨巴眨巴眼睛，轻轻答，我最喜欢微风。我问为什么。你回，因为微风吹在身上暖洋洋的，不冷。

好一个不冷！小弯弯，我真高兴你这么答。我真心祝愿，那些微风吹过的暖，都能烙在你的记忆里，成为你今后战胜困厄的力量和勇气。

还是要为你庆幸，你生在这里，你是大自然的孩子。

这世上，还是有很多美好

人生的路上，总有千难万险。但一代一代，却能生生不息，一往情深。你道为何？那是因为，在这个世上，快乐永远多于苦痛，阳光永远多于阴霾。冬天再漫长，也总会迎来春暖花开。黑夜再黑得密不透风，也总会被黎明的晨曦穿破。

麦子，你好啊。

真喜欢你这个名字。麦子，麦子，让我想起我的老家，春天麦苗青，初夏麦穗黄，一片一片的。鸡鸭牛羊鸟雀，还有人，都淹没在里面。风吹着一波一波翠绿，或吹着一波一波金黄。很美。

麦子，你见过那样的村庄吗？或许，你就是村庄的一个孩子。如果真是那样，我倒很愿意和你聊聊种子、庄稼、蔬菜、草木、虫鸣鸟叫。还有炊烟和老房子。还有篱笆和草垛子。河畔的一棵柳树上，牵绕上去的一蓬扁豆花，开得可真叫好啊。

我知道，你要反驳我，你要说那样的村庄是落后的、土气的、辛苦的、贫穷的。是，它没有高楼大厦，它没有霓虹灯闪烁，它没有车如流水马如龙。可是，它有宁静、纯朴和祥和。当一个农夫，倚着一垛草垛子，笑眯眯地看着他亲手种下的庄稼，茂密生长，他的幸福感和成就感，溢满胸中。那种幸福，无法用繁华与金钱衡量。自由来去的风，风中飘散着庄稼和果实的清香。野花遍地。天地广阔。这一些，又哪是哪座高楼大厦里能够拥有的呢！

好，我不聊村庄了，我来聊你的问题。你说你对这个世界很失望，你说它是灰的暗的，雾霾不断，灾难重重，到处充满了谎言和欺骗。麦子，我得感谢你，即便你如此不相信这个世界，你还是选择了相信我，愿意把这些话告诉我。那么，你是把我排除在谎言和欺骗之外的，是吗？那么，你潜意识里也承认，这个世界还是有美好的，是吗？

你也许受过什么挫折，遇见过什么不公。但你不能因为摔过一次跤，从此恨上走路。你不能因了一次被雨淋，从此看不见阳光。是的，我们的蓝天常被雾霾遮住；亦有灾难，时常来造访。人生的路上，总有千难万险。但一代一代，却能生生不息，一往情深。你道为何？那是因为，在这个世上，快乐永远多于苦痛，阳光永远多于阴霾。冬天再漫长，也总会迎来春暖花开。黑夜再黑得密不透风，也总会被黎明的晨曦穿破。

我认识一个补鞋匠，他在一条老街上，补了几十年的鞋了。他小时患过小儿麻痹症，腿脚不便，替人补鞋，是他养家糊口的唯一生计。补鞋这行当，搁在从前贫穷岁月，生意还行。然现在，人们早已不缺买双新鞋的钱了，很多补鞋匠，都另谋别的职业去了。他的生意，却一直红火着。老街上的人，鞋子穿旧了，不扔，统统送到他的鞋摊上来。那些补好的鞋，老街人拿回去并不穿，只是收藏着。隔些天，拿剪刀戳个洞什么的，又拿到他的鞋摊上来了。大家就这样，顾惜着他的生意，不落痕迹。

麦子，我们每个人心中，其实都住着一个天使。善良是花，无处不在开放。

曾于无意中看到一档电视节目，一个叫符凡迪的拾荒者的经历，叫我感动难忘。他不知道自己的年龄，出生没多久，父亲就过世了。从那时起，他就被恐惧和饥饿包围着。后来，他辗转到南方一所繁华的城市，靠捡垃圾维持生存。他吃过怎样的苦，都被他忽略掉了，时时记着的，却是对这个世界的感恩，那些来自陌生人的善意。他用这样的善意，又去帮助更需要帮助的人，他去照顾在街上卖唱的残疾人，他和他们成了好朋友。他爱看书，爱唱歌，书和音乐让他感觉到人世间的美好。

他说，我一直相信，世界上有很多美丽的东西，我也想成为其中的一部分。是的，这世上，还是有很多美好。麦子，让我们，都成为其中的一个吧。

这样，就很好了

> 它接受着命运的安排，又不屈从于命运的安排，它努力适应新的环境，并努力做出改变，凭着一点点空中落下的尘埃，还有一点点露水和雨水，它竟也顽强地生长起来，为自己争得了生命的绽放。

我读现代诗，很少能在瞬间记住。但今晨，我读到一首，却立即就记住它了。诗是余秀华写的，其中有几句很戳人心，是泪中的笑、冰中的暖：

> 人间有许多悲伤
>
> 我承担的不是全部
>
> 这样就很好

能悟到这般境地的，非大苦大难的人不可。上帝赋予他们苦难的同时，也教会他们承受苦难的智慧和能力。我在想，如若不是脑瘫，余秀华或许不会写诗。千千万万的读者，也就错过了结识她的好诗的机会。这对读者来说，是损失。对她来说，未尝不是。

她会成为一个什么样的女人呢？

阮阮，你也许会说我矫情。呔，谁愿意脑瘫啊！你很生气。我当然知道，对余秀华来说，她宁愿不要诗歌，不要所谓的才华和成名，她也要选择健康健全。她只愿做一个健康健全的女人，哪怕就是过顶顶寻常普通的日子。

可事实是，不幸它降临了！就像你，阮阮，因一场车祸，失去了双腿。从此，你只能坐在轮椅上。你能绕开它去吗？你能对它大喝一声，去！你走开去，我不欢迎你！苦难它是不肯听你的话的，它就赖上你了缠上你了。你除了接受，还有什么法子呢？

我又想到岩缝里的草了。我去过不少的大山，几乎在每座山上，都能看到那样的景象：有小草，从岩缝里挣扎着站起身来，笑微微地开起花，或黄或红，惊艳了一方岩石。我只觉得，一座大山都在为它唱赞歌。命运对它来说，何其不公，把它的种子，随意撒到岩缝里去了。它若气馁，它若妥协，它必将永远埋藏于岩石之中，化为尘土，不见天日，哪里还会迎来花开的明媚？然它没有这么做。既然已经在岩石中了，总好过飘落在海洋里吧？——这样，已经很好了，它一定是这么想的。它接受着命运的安排，又不屈从于命运的安排，它努力适应新的环境，并努力做出改变，凭着一点点空中落下的尘埃，还有一点点露水和雨水，它竟也顽强地生长起来，为自己争得了生命的绽放。

亲爱的阮阮，我不想同情你。别骂我，我其实，很想恭喜你，恭喜你失掉的仅仅是双腿，而不是双眼。有多少人在车祸中丧了命？又有多少人因车祸从此躺在床上，无法动弹？还有多少人因车祸，从此告别光明，只能生活在黑暗里？阮阮，你真的不是最不幸的那一个。这样，就很好了。

如今，事实已成事实。阮阮，你又何必日日与自己较劲，沉溺在昔日双腿能飞奔的日子里，不愿面对现实？这样天长日久下去，你失去的不仅仅是双腿，你还将残缺了你的生命和心灵。这等于发生了第二次"车祸"，且比第一次要严重得多。而制造这起"车祸"的人，就是你。

还是醒醒吧阮阮！醒过来，接受现在的你，尽快找到新的活着的方式。腿没了，你还有手啊，还有眼睛，还有耳朵，还有一颗完整的心。这些，足够你应对新的人生了。

不知你有没有听过澳大利亚人胡哲的故事。他出生时，天生没有四肢，只在左侧臀部以下的位置，长有一个带着两个脚趾的小"脚"。就是这样一个人，他不单学会握笔写字，而且饱读群书，顺利大学毕业，获得会计与财务规划双学士学位，并出版多种书籍，在东南亚进行过巡回演讲，感动了无数的人。

阮阮，比起他来说，你的命才不知要好过多少倍去。所以，不要再沉沦了，也莫要再悲戚了，从现在开始，接受新的一个你，并努力爱上她。给她一个重新绽放的机会，好吗？嗯，笑着对自己说，没什么呀，这样，就很好了。

做一个真实的自己

世上之人，都喜欢把"明天"当成包裹扛在肩上，殊不知，那样走起路来，一点儿也不轻松，患得患失，反而更容易摔跤。

　　我叫你葵吧，可好？你起的昵称真有点小奇怪，第一个字是"蒸"，我以为是繁体字的"终"。查了字典才知，原来，它是葵的一种，草本植物，嫩叶可食。还有个字更奇怪，"灬"，古同"火"，它有音读"飙"，烈火之意。

　　我从你的昵称里，窥到了你的一点小秘密：你个性好强，不甘人后；你阅读广泛，聪慧聪颖，与众不同；你有点小虚荣小叛逆。

　　你信中的小烦恼，也恰恰印证了我的猜测。你说你成绩很好，你也一直努力维持着这个"很好"，你埋头苦读，几乎放弃了所有的闲暇时光，做着父母和老师眼中的乖乖女。只有你自己知道，你那不过是做做样子，讨得父母和老师欢喜，得到他们的表扬。你不是真的想那么做。你也不是真的像他们说得那么乖，你不要做乖乖女。

你内心与你行为的极大反差，让你活在挣扎里。你做作业做不进去了，每写几个字，就要看看别的地方，思绪不知飘到哪里去了。你的成绩开始出现严重下滑，这让你很害怕。你觉得每天都活在浑浑噩噩中。你想放弃，又不甘心。你想坚持，又害怕跌倒。

葵，好孩子，我们还是暂且不要谈论学习吧，也暂且不要做乖乖女，放纵自己玩耍一天，你想干吗就干吗，想怎么折腾就怎么折腾。去逛街，去看电影，去和好朋友一起吃甜点。最好是来一趟短途旅行，到大自然中去深呼吸。去听听小鸟是怎么唱歌的，去看看小花是如何盛开的，看看小溪又是怎样流过了人家的房前，云朵又是怎样飘过了天际。到那时，你再问问自己，你，开心吗？

当然很开心。因为，做一个真实的自己，不伪装，原是件轻松愉悦的事。就像小鸟本来就是小鸟，小花本来就是小花，小鸟不要成为小花，小花也不要成为小鸟，它们快乐地做着自己，这就很美好了。

好了葵，现在，我们可以以愉快的心情，进入到你的学习中来。丢开那些为了做给他人看的想法，不要把自己打扮成学习标兵，恨不得一天二十四时，都蹲在书桌跟前。你也知道，那多半是假的，是没有效果的。那何不缩短时间，在该学习的时候，就真正投入地学习？每天给自己列些学习的小目标，目标完成了，就OK了。余下的时间，看看课外书，听听小音乐，放松休闲，岂不更好？

也不要再扮演乖乖女（在我想来，你说的乖乖女，就是相当听话，安静，两耳不闻窗外事，一心只读圣贤书一类的）了，既然，你不想那么乖。做乖乖女很累人的。你就做本来的你好了，活泼点，兴趣广泛一点，会更可爱。

也不要去想明天的事，哎呀，明天，我一定要取得第一名！明天，我一定要考上重点名校！世上之人，都喜欢把"明天"当成包裹扛在肩上，殊不知，那样走起路来，一点儿也不轻松，患得患失，反而更容易摔跤。葵，明天的事，就让明天的人去想吧，你只要想好今天的事就行了，做好今天的自己。不要轻言放弃，放弃那是对自己生命的极大浪费，你愿意吗？

是的，坚持的途中，也许会有跌倒。但不坚持，你将永远摔倒在地上，无法走向明天了。"成功永远偏爱那些能坚持的人"，葵，我把这句话送给你，希望你能愉快地做一个真实的你，坚持到底，获得属于你的成功。

真正的美，是从内心散发出的好意

一个人有没有魅力，原不在于外貌，而在于他的内心。真正的美，是从内心散发出的好意。

宝贝，你自称胖妞。我笑了，这称呼也曾是我的呢。

别惊讶。对，曾经梅子老师也是胖妞一枚。

那时念中学，因胖，被同学起了个很不雅的绰号，胖墩。一帮同学在一起谈笑风生，说起各自的理想，都是裹着云彩镶着金边的。唯独说到我，一男同学伸手指一下，"扑哧"笑了，说，胖墩她最适合做厨师的啦。结果，哄堂大笑。

那日，我不知自己是怎么度过的，自卑、难堪、悲悯，都不足以表达伤痛。也只在心里暗暗发着誓，我要做一个不一样的胖妞！然后，我就一路发狠读书，把自卑的时间，全花在读书上了。当时，学校门前有条小河，树木茂密，很安静，是个读书的好去处。每天天一亮，我就捧着书过去读。每日黄昏，也跑去读，直读到鸟雀归巢。多年后，我的高中同学遇见我，回忆当年，他们清晰地记得一个场景：我捧着书，在小河边读，河水汤汤，垂柳依依，野菊花开满我脚边。他们说，你那时的样子，真美。

原来，我以为最自卑的年代，也住着美好啊。

人的外貌，是天注定的，这个我们无法改变。但内心的修为，还有在浑身上下焕发的光彩，却是后天而为。当然，现在科技发达，整容去脂的大有人在，但我不建议做这个。好好的，却要在自己身上动刀动针的，那个疼，我受不了。且还要承担高风险，万一整容失败了呢？还是做真实的自己最舒服，身上的每个"零件"都是独家拥有，仅此一件，无法复制的。我们要做的，就是发挥好这些"零件"的用途，用善良、好意、爱和博学来喂养它们，让眼神变得奕奕，让耳朵变得灵敏，让心变得细腻，让脚步变得轻轻，让精神变得丰饶。我相信，这样一个你，有谁还会说不美呢！

我有同事，女。我初见她时，吃惊得不行，她委实，太胖了。个子又矮。走起路来，呈摇摆状。那个样子，真的与美挨不着边儿。当时我替她担着心，她站到讲台上，如何收服那些喜欢高颜值的孩子们？

她的课，却上得出乎意料的好。一站到讲台上，她跟换了个人似的，神采飞扬，妙语连珠，旁征博引，抑扬顿挫，一举手，一投足，都散发出迷人的光芒。又她爱笑，活泼开朗，善良温暖，让人渐渐觉得，她的样子与她的神态，再和谐也没有了，亲切、自然、率真，像山野里的小野菊，自有芳华。越看越觉得好看，叫人打内心里喜欢上她。

学生们狂热地爱上她的课。他们给她取了个昵称，格格。炫耀她，就像炫耀一件宝贝。我们的格格，学生们这么说。她成了最受学生欢迎的老师。

一个人有没有魅力，原不在于外貌，而在于他的内心。真正的美，是从内心散发出的好意。

宝贝，你大可不必再为自己的长相难过自卑了，也绝对不能不吃不喝强行减肥。只要不胡吃海喝，不过分贪嘴吃太多零食，保持正常饮食，辅之以必要的锻炼，持之以恒。过一段时间，你再看自己，会发生一些惊人的变化的。若是因先天基因，本就是胖的体质，那么OK，咱不折腾了，只要身体是健康的，胖点也无妨。

宝贝，爱上你自己吧，努力打造属于你的丰富的内心世界，做个快乐的人见人爱的小胖妞。

每个人都有一个属于自己的树洞

人的情绪有时需要发泄，如不及时发泄出来，只一味死守在心里，它会发酵，直至把你的心空塞满。到时，你想不受它左右也难。

亲爱的丁当宝贝，我想给你讲个有关树洞的故事：

传说在很久很久以前，有一个国王，因长久的情绪郁结（为了保持国王的威严，他有了心事从不对人说），患上了一种怪病，好好的耳朵，突然间长啊长啊，竟长成了一对驴耳朵。这个秘密除了国王自己知道外，再无他人。国王为了掩盖这个秘密，不得不整天披着他长长的头发，戴着他重重的王冠，来遮住他的一对驴耳朵，睡觉了也不敢把王冠摘下。

然而，有一天，国王的这个秘密，却不小心被一个理发师发现了。理发师大吃一惊，这真是个天大的秘密啊！他多想告诉别人，又怕被国王杀掉。因为，国王威胁他，如果再有第二个人知道这个秘密，他的脑袋肯定要搬家。

理发师从王宫回家后，就一副愁眉不展心事重重的样子。家人追问他到底怎么了，理发师坚决不肯吐露半个字。就这样，国王的秘密像一块巨大的石头，压在理发师心上，他做什么事也无精打采，他快被国王的秘密折磨得疯掉了。愁苦中，他走到一个森林里，遮天蔽地的树木，让他的情绪渐渐平稳。这时候，他看到一棵树上，镶着一个大大的树洞。那树洞，像无言的眼睛，温柔地凝视着他，似在鼓励他大胆说出心中的秘密。理发师不由自主靠过去，对着树洞，大声说出了国王的秘密。多日的压抑，竟不翼而飞。

恢复了健康的理发师，决心帮助国王。因为他知道，只有医好了国王的心病，他才是万无一失的。于是他再度进宫，悄悄建议国王，去找一个树洞，大声说出心中的秘密。国王听信了理发师的建议，跑到大森林里，找到一个隐蔽的树洞，对着它，把多年来的积郁一吐为快。奇迹就在那会儿发生了，国王的一对驴耳朵突然消失了。国王快乐极了，他终于又可以束起他的长头发，做回了正常人。

丁当宝贝，每个人都有属于自己的小秘密，这些小秘密，有时会从我们的胸中，挤着拥着要飞出来。但我们却苦于不能说，天长日久，它会像传说中的国王一样，长出一对"驴耳朵"，我们更会因它忧愁、苦闷、羞愧，甚至痛苦，甚至绝望。就像你所说的，你心中的烦恼，不愿向家人和朋友倾诉，只一任它们憋在你心里，憋得你好痛苦。你常觉得神思恍惚，做什么事也毫无兴趣。

那就找一个你的"树洞"，寄存你的那些小秘密吧。人的情绪有时需要发泄，如不及时发泄出来，只一味死守在心里，它会发酵，直至把你的心空塞满。到时，你想不受它左右也难。这个"树洞"，可以是无垠的旷野，可以是一截少有人光顾的短墙，可以是一条河流、一座桥、一丛花、一棵树。我小时受了委屈，喜欢跑去屋后的竹林，对着一棵竹子哭诉。那棵竹子我亲切地称它为"我的竹子"。每当我倚到它的身上，诉说完了心中的烦恼，我就又变得无比快乐。后来，我迷上写日记。我的日记本，就成了我的"树洞"，好的、坏的情绪，我都会对它倾诉。它默默接纳，从不背叛，宽容又大度。

丁当宝贝，如果可以，也把日记本当成你的"树洞"吧，它会悉数收藏你青春的疼痛。而当有一天，你回过头来，想找寻那些秘密，它都替你收得好好的呢，无一缺失。你会发现，当年那些所谓的疼痛和纠结，不过是花开的颤动，你唯有感激。

读书使人变得有温度

读书，能使你到达你去不了的地方，使你阅尽你本不能知晓的世事人情，使你学会爱、珍惜和感恩。

我叫你心苑，可好？

你的昵称可真长啊，叫紫藤花开在心苑里。你很喜欢紫藤花吧？我也喜欢。四月紫藤花开，校园的长廊上，伏着那么一丛丛，垂下深紫的花帘，好似有仙人住在里面。我总忍不住跑去那里，走来走去，能走上一下午。心苑，你是否也做过这样的傻事情？可以想象，你是个心思细腻敏感柔软的孩子。人有柔软，多好。

你只问了我一个问题，读书，除了为了应付考试外，还有什么用呢？我似乎看到你正蹙紧双眉，面对摊开的教科书，一百个不情愿。

你的苦恼，我理解。学习是件苦差事，天下的孩子都一样。要是没有外力压迫，谁愿意埋首在教科书里呢！但我们成长的起步，是要从这里开始的。我们要通过这些教科书，去打开一扇又一扇认知世界的窗。

然而，心苑，读书不等于就是读教科书，也不仅仅是为了考试。书的海洋，浩瀚无际。单单文学书籍，就叫人眼花缭乱得很，中外的，古今的，诗词歌赋，传记传说，小说散文，无所不有，一浪逐着一浪。你深入其中，或许一时半会，还体会不到它的好处来。你且读上一个月再看。读上一年再看。读上两年再看。读上三年呢？四年五年呢？你会发现，你的内心，早已丰富起来，胸中有丘壑，腹中有锦绣。你的眼界，也早已宽广起来，古今多少事，都付笑谈中。读书，能使你到达你去不了的地方，使你阅尽你本不能知晓的世事人情，使你学会爱、珍惜和感恩。读书，其实是一场修为。

写到这里，我想起一个叫允的孩子来。年前，他从苏州回，陪在老家的爷爷奶奶过年。他说读了我不少书，要约见我。

我们约在小城的咖啡馆见。他提前到了，叫好咖啡等我。我去时，他正低头在翻一本书，那安静读书的姿势，着实叫人感动。说不出的感动。好比你正走着一段极寻常的路，路边风景天天都看乏了，却意外遇见了一棵开花的树。

那天，我推掉另外的事，和他聊了好久。他是个长相一般的男孩子，瘦瘦的，个子不高，但一笑起来，就有了不一样的光芒，又知性又阳光。我由衷夸他，我说你真是个好孩子。他却笑着看定我，认真地说，不，老师，我曾经不是，我曾经是个问题少年。

从小跟着爷爷奶奶过，做着留守儿童。老人也不知怎么教育他，只管他吃饱了穿暖了就万事大吉了。他像匹野马驹，养成了一身的野性子。调皮闯祸，那是家常便饭，三天两头有人上门告状，说他打破这个人的头，揭开那家房上的瓦了。他在外打工的父母，最后不得不把他送进一家私立学校去，那所学校采取封闭式教学，管理严格。一匹野马，被关进了笼子里。他终于安静下来。

在私立学校，日子漫长，他无聊极了，不得不用读书来打发时光。渐渐的，他竟迷上读书。虽因学习底子差，成绩并无起色，但他却读了不少好书，像《古文观止》《红楼梦》，他都读了下来。

十七岁，他初中毕业，去了苏州打工。他在饭店做过小服务员。在广告公司发过传单。如今，他二十三岁了，已进了一家比较大的汽车修配厂工作，月工资达到一万以上。不管到哪里，他的身边，一定都带着书。做小服务员那会儿，他晚上回宿舍再晚，也要看上两行书，心里才会踏实。别人笑他，你一个小服务员，还看啥子书嘛，看了有啥用！他笑笑，不争辩。因为读书，苦日子也不觉得苦了，待人接物，都能宽容了。他说是读书改变了他，弥补了他的很多不足。现在，在公司里，他还兼做着文案策划，公司的人都很信服他。也是读书让他明白了许多做人的道理，从前很对不起爷爷奶奶，没少让他们操心，却从不知回报。现在，他只要一有假期，就跑回老家来陪两个老人，烧饭做菜，他样样精通。

他说，读书使人变得有温度。心苑，我想把这句话送给你。愿你也能像他一样，热爱读书，成为一个有温度的人。

人生就是人生

人生就像一场旅游，你永远不知道，下一个路口，会遇见怎样的风景。

我们也只有走下去，才能遇到。那景致也许很一般，也许很美好。但人生一场，就是为了体验不同的风景，也才有意思，从而成就我们的丰富和完满。

小公主，你的问题难倒我了，你问我人生像什么？

人生像什么呢？我给一盆吊兰浇水。这盆吊兰跟着我七八年了。我常离家，一走十多天，它不得不常强忍着干渴，等我归。有时看它都枯萎了，但青绿的一颗心，却不肯枯去。我施以点滴之水，它便又顽强地活过来。很快，又冒出新的芽，抽出长长的茎。它的花，开得似乎漫不经心，细细碎碎的白，若不留意，也就被你忽略了。然细细端详，却有着别致的美和动人。一朵一朵小花，微微吐着蕊，像在宣誓：我终于，盛开了。

人生，好比是这样的一盆吊兰吧。既然选择了活着，就努力地活着，怀着初心，不肯轻易离场。

人生也好比一条小溪流吧。有的能一路向前，顺畅流到终点，汇入大海。有的会在中途拐几个弯，但历经曲折后，最终，也能抵达终点。有的，却在半路上止息了，断流了。有的，要穿越很多的乱石瓦砾，道阻且长，然它奔流的脚步，从不肯停留。

我在新疆，曾跟着一条小溪流走。它走过乱石，绕过山冈，山谷空寂荒凉，走得我都快失望了，很想折回头去。然它，没有回头，不屈不挠。它心里面装着蓝天，装着梦想，装着盛开，装着飞翔，就那样，走啊走啊，一直走到一座雪山的下面。我的眼前，突然洞开，七月的繁花多如星星，我看到了最美的草甸。

小公主，我们的人生，有时缺乏的，就是这条小溪流的精神呢。当走不下去的时候，不要轻言放弃，再坚持一会儿，也许，我们就到达了生命的芳草地。

人生也好比一棵树吧。从一颗种子开始，从一棵小树苗开始，慢慢长。有的奋发向上，长成了参天大树，成栋梁之材。有的因品性不端正，长歪了，只能当柴火烧。也有的，脆弱不堪风雨摧，不幸中途夭折。绝大多数的树木，都能撑起葱郁，成为四季风景。就像我们多数人的人生，也许平凡，然却孜孜以求，营造出属于自己的美好和丰华。

人生也好比一面镜子吧。你哭，它也哭。你笑，它也笑。你青青的额上，小绒毛历历可数。它便也有青青的额上，爬满小绒毛。你眼角堆着皱纹，岁月的波浪，在里面荡漾。它便也有皱纹，如波浪一般。这面镜子，也可称作心灵的镜子，它会时时映照你人生的容颜是否明亮。

电影《阿甘正传》中，阿甘的妈妈对阿甘说，人生就像一盒巧克力，你永远不知道会尝到哪种滋味。——她说的是，人生在于不断尝试，酸甜苦辣你也许都会尝得到。我想换成另一种说法，人生就像一场旅游，你永远不知道，下一个路口，会遇见怎样的风景。

我们也只有走下去，才能遇到。那景致也许很一般，也许很美好。但人生一场，就是为了体验不同的风景，也才有意思，从而成就我们的丰富和完满。

其实，小公主，我更愿意人生就是人生，就是我们真切地活在这个尘世里，爱着，眷恋着，一呼一吸间，都闪耀着日月的光辉，花草的芬芳。就是我在这里，就在这里啊，我好好活着，我看见天空和大地。我看见花开花落，鸟雀飞翔。我看见衰草连天，那里面，又冒出鹅黄的新芽。

牵着蜗牛去散步

我们身处这尘世之中，再洁身自好，也难免被烟雾尘埃沾染上一二。偶尔的小难过，其实真没什么的。就像偶尔的受伤，那伤，也终究会慢慢好起来。

会飞的鱼，你好。

嗯，且让我想象一下，一条鱼长上翅膀的模样。

你问我，梅子老师，你有难过的时候吗？你难过了会怎么办？

这个问题，我在不同的场合，被很多人问到过。看来，鱼有鱼的难过，鸟有鸟的难过，我们都有自己的小难过的。

就拿这会儿的我来说吧，状态不算好。我的腿又受伤了，是磕绊到一铁器家伙上，一下子弄出五道伤痕，暂不能行走了。我只能半躺着，羡慕着窗外的天空，哪怕是窗台上爬着的一只小虫子，也比我自由。我还惦念着屋外的桂花，和晚上的月亮。从栾树密密的枝叶间看过去，它多像一朵开得好好的水莲花。我将有好几天不能在那些栾树下散步了，这是让我十分难过的事。

也有情绪很低落的时候。比如无端被人议论，无端受人非议，无端遭人排挤。若说一点不介怀这些，肯定是假的。它们也会让我的情绪，起一些小波浪，在某一时间里，突然坠落下去。也有时，说不上的，心里突然空空的，世间事仿佛都看透了，又似乎都没看透，人就那么忧伤起来，很难受。

小鱼儿，我们身处这尘世之中，再洁身自好，也难免被烟雾尘埃沾染上一二。偶尔的小难过，其实真没什么的。就像偶尔的受伤，那伤，也终究会慢慢好起来。

这么一想，沉溺于难过之中，实在是一件很划不来的事。我往往是，只允许自己难过一会儿，很快，我会用别的事情来驱走它。我会新学一首歌，跟着后面大声唱。或者，朗诵。反复读一首诗，直到背得滚瓜烂熟为止。当我的歌学完了，诗背完了，"难受"那个小东西，也就很知趣地，跑得不见影踪了。

我也会画点小画，随意在纸上涂抹色彩，赤橙黄绿，我想怎么缤纷就怎么缤纷，这也是极有意思的事。或者，翻着花样，做点好吃的点心，慰劳一下"难过"。不是说吃人的嘴软吗？当"难过"那个小东西，品尝到我做的好吃的点心后，它摇身一变，变成快乐了。

你问我，会不会找朋友倾诉。这个可以有，但我不会那么做。我以为，谁也没有义务接纳你的坏情绪。"难过"是很自私的，它完全是一种私属行为，别人的安慰，也只能是隔靴搔痒。我们要学会的是，如何驱赶它，靠我们自己的力量。别害怕它的到来，每"难过"一回，我们的抵抗力，就增强一倍。

去做做义工吧，到孤儿院或敬老院里走一趟，陪陪那里的孩子和老人说说话，让"难过"那个小东西，自愧得隐遁而去。这世上，再也没有比助人更快乐的事了。

　　我还喜欢"牵着蜗牛去散步"。等着蜗牛一起走，时光就真的慢下来了。这样的慢行，让你听到鸟叫了，看到花开了。蚂蚁们正吃力地扛着一粒碎屑，它们齐心协力的样子，真叫你感动。一片落叶飘到水里，像帆，很快乐地，跟着水远行去了。天空中的云朵，像团起的棉球儿，眼看着它要砸下来。"牵着蜗牛去散步"，你似乎重新认识了这个世界，你会发现很多有趣的好玩的事儿，心里的悲伤，也就不那么多了。

走着走着，花就开了

一辈子很长，怎么可能时时有鲜花掌声相伴？很多时候，路得靠你一个人去走，途中会遇到山石林立、崎岖艰难，这都正常。因为你遇到的，别人也会遇到。而这时候，拼的就是勇气、毅力、恒心、信念，你如果比别人多出一分勇气、毅力、恒心和信念，你就有可能到达成功的彼岸。

栎栎，在给你回这封信的时候，我的音箱里，正播着周艳泓唱的《春暖花开》。这歌我真是喜欢听，好些年了，我一直喜欢着。春来的时候听着，十分应景。即便是隆冬里听着，也很合宜。它旋律的轻快明丽，总能使人如置万花丛中，鸟在鸣叫，花在歌唱，生命真是美好啊。"对着蓝天许个心愿，阳光就会照进来"，有些时候，果真是这样。并不是你许的愿有多灵验，而在于你的心情。心里若有阳光，再多的灰暗，也会变得灿烂。

你现在的心情，却整个的，都是灰的。你告诉我，你很焦虑。你不知道要走向哪里去，你惧怕着那个"前头"。十八九岁的年纪，你感到，自己已经很老很老了。你陷在童年的回忆里，无休无止。那时，天也蓝，云也白，你聪明伶俐，唐诗宋词，教过几遍，你就能朗朗上口。你学钢琴，一首曲子，弹了不过一二十遍，你就能弹得流畅飞扬。你还登台表演，做过小主持人。一帮孩子里，就数你最出众，你深得众人喜爱。如今，一切都变了，你处处碰壁。从前那个杰出的孩子，已像一粒沙子，掉进沙堆里，再也显示不出一点点的独特。你害怕往前走，你只觉得前头都是黑暗里的黑，看不到一丝光亮。

栎栎，恕我直言，我要说，不是你变得不杰出了，而是，你本身就是一个寻常的孩子。这世上，我们原本都是寻常中的一员。江海宽大，还不是由一滴一滴寻常的水组成？是的，我不否认，你聪明伶俐，你很优秀，但这都是在正常智力范围内的。这世上，又有几个孩子天生是愚笨的？你只不过是在某一个或某几个领域里，比别的孩子多走了几步路而已。你因此，有光环加身。那样的光环，耀花了你的眼，使你误以为，你只属于鲜花和掌声。

等你长大一些，你发现，那光环，不知何时，已暗淡了，已无踪无影了。你成了一堆沙子中的一粒，你不能接受，你无所适从。然我却要恭喜你，恭喜你终于回归到正常，恭喜你成为你。一个人，只有当他不慕虚荣，远离浮华时，他才能回归到本真，看清自己，脚踏实地，做好他正在做着的事。就像你的现在，我猜想，你应该还是个学生吧，还在读书吧。那么，你好好读好你的书，热爱大自然，热爱生命，你也就很优秀了。

栎栎，每个人，在这个世上的存在，都是唯一的，独一无二的。做好你自己，以一颗平常心，待人待己。一辈子很长，怎么可能时时有鲜花掌声相伴？很多时候，路得靠你一个人去走，途中会遇到山石林立、崎岖艰难，这都正常。因为你遇到的，别人也会遇到。而这时候，拼的就是勇气、毅力、恒心、信念，你如果比别人多出一分勇气、毅力、恒心和信念，你就有可能到达成功的彼岸，到达你所说的"杰出"。

栎栎，放下你的焦虑，思考一下你到底想要什么。然后，拿出勇气来，认真走好脚下的路。将来的事，充满了无数的不确定性，去愁着忧着做什么呢？你只管走下去，走下去，走着走着，花就开了。只要你不停下脚步，这一刻是道阻且长，下一刻，也许就遇见了人生的丰美，就像牛羊掉进了丰美的草原。

祝福你！

图书在版编目（CIP）数据

十亩间 / 丁立梅著． —— 沈阳：万卷出版有限责任公司，
2021.5（2025.1重印）

ISBN 978-7-5470-5630-1

Ⅰ.①十… Ⅱ.①丁… Ⅲ.①散文集—中国—当代
Ⅳ.①I267

中国版本图书馆CIP数据核字（2021）第073217号

出 品 人：王维良
出版发行：万卷出版有限责任公司
　　　　　（地址：沈阳市和平区十一纬路29号　邮编：110003）
印 刷 者：辽宁新华印务有限公司
经 销 者：全国新华书店
幅面尺寸：145mm×210mm
字　　数：200千字
印　　张：8.75
出版时间：2021年5月第1版
印刷时间：2025年1月第9次印刷
责任编辑：史　丹
责任校对：张兰华
封面设计：庄　厘
版式设计：展　志
ISBN 978-7-5470-5630-1
定　　价：38.00元
联系电话：024-23284090
传　　真：024-23284448

常年法律顾问：王　伟　版权所有　侵权必究　举报电话：024-23284090
如有印装质量问题，请与印刷厂联系。联系电话：024-31255233